Zwei L wie in Hollywood

Chantal Schreiber

Zwei L wie in Hollywood

Mit Bildern
von Michael Bayer

Planet Girl

Für Heidi Rössler,
sie weiß, warum! ☺

Hollywood in Löwenthal

»Das war wieder mal typisch Bea. Dumme Kuh.« Luzy schob mit einer Hand den Schnee auf dem Treppengeländer zusammen und formte den federleichten Haufen zu einem Ball. Mit etwas affektierter, höherer Stimme fuhr sie fort: »Das finde ich sehr respektlos, Luzia! Ich würde an deiner Stelle sofort damit aufhören!«

Livia biss sich auf die Lippen, um nicht laut aufzulachen, denn das würde ihre Schwester in der augenblicklichen Stimmung sicher missverstehen. Aber genau so hatte Bea geklungen, wirklich haargenau so. »Vielleicht hat sie ja nur versucht, dich zu warnen.«

»Jetzt verteidigst du die Verräterin auch noch! Sie ist schuld, wenn ich einen Verweis kriege!«

»Na, na. Wer hat denn in der Pause vor der Französischstunde Mademoiselle Arnaud nachgeäfft? Bea oder du? Das Timing war bestimmt nicht das beste!«

»Aber unterhalten habt ihr euch alle prächtig, oder? Und ich muss es jetzt ausbaden!« Wütend stapfte Luzy voraus, so schnell ihre Halbschuhe das auf dem frisch gefallenen Schnee zuließen – Oma Rosmarie hatte ihr die Winterstiefel zwar hergerichtet, aber Luzy war in der Früh wie immer spät dran gewesen und der Schulweg war ja nicht gerade lang: von Schloss Löwenthal nach Schloss Löwenthal sozusagen, einmal ums Haus herum.

Livia seufzte. Wenn ihre Schwester Mist baute, waren immer die andern schuld. Aber irgendwie hatte sie auch recht: Ihre Sabine-Arnaud-Darbietung war zum Schreien gewesen. »Es stimmt ja …«, begann sie, doch weiter kam sie nicht, denn in diesem Moment landete Luzys Schneeball mit voller Wucht in ihrem Gesicht.

»Au! Spinnst du?« Livias Absicht, Luzy zu besänftigen, löste sich in Luft auf. Alles musste sie sich von ihrer vierzehn Minuten älteren Schwester auch nicht gefallen lassen! Sie fasste in den Schnee und schon im Laufen formte sie ebenfalls eine Kugel. »Ins Gesicht schießen! Du hast sie ja nicht alle!«

Luzy hatte zwar einen Vorsprung, aber Livia die besseren Schuhe.

»Ach nein, dass würde die heilige Livia niemals machen!«, rief Luzy über die Schulter zurück.

»Würde ich auch nicht!«

»Ja, weil du nicht triffst!« Nun, da sie sich an Livia abreagiert hatte, war Luzy wieder bester Laune.

»Das werden wir ja sehen!« Livia holte aus und legte ihren ganzen Zorn über Luzys Ungerechtigkeit in den Wurf.

»*Au*!« Jonas Hartmann, der Vater der Zwillinge, war im ungünstigsten Moment aus der Garage gekommen und pflügte nun mit der Hand durch die dunklen Haare, die ihm ins Gesicht fielen, um die Schneeklümpchen rauszusieben. »Volltreffer!«

»Entschuldige, Papa!«, rief Livia zerknirscht. »Du bist in die Schussbahn geraten!«

»Oh, ich dachte, die heilige Livia schießt niemandem ins Gesicht!«

»Das war ein Unfall! Ehrlich, Papa, es war nur, weil Luzy mir einen Schneeball voll ins Gesicht geknallt hat, und ich wollte …«

»Petze! Du passt ja hervorragend zu deiner besten Freundin Bea!«

»Und du passt hervorragend in eine Irrenanstalt!«

Stirnrunzelnd sah Jonas seinen beiden so unterschiedlichen Zwillingstöchtern nach, die jetzt ihre Verfolgungsjagd ums Haus fortsetzten. »Manche Dinge ändern sich nie«, murmelte er.

»Sind die Kampfhähne wieder unterwegs?«, kam die Stimme seines Schwiegervaters Franz Mayer aus dem Inneren der Garage. »Dann gehst du besser aus der Schusslinie.«

»Der gute Rat kommt leider zu spät«, meinte Jonas, hielt den Kopf schief, fasste an sein Ohrläppchen und schüttelte es. Er hatte Schnee im Gehörgang.

»Was haben sie denn schon wieder gemacht?«, fragte Opa Franz und wischte seine ölverschmierten Hände an der grauen Arbeitshose ab.

»Etwas vollkommen Respektloses«, erklärte Jonas ernsthaft. »Ich will gar nicht drüber reden ...« Er fasste unauffällig in den Schnee. »Ich will es *nachmachen*!« Im nächsten Moment klebte ein Schneeball auf dem Latz von Opa Franz' Hose und im übernächsten Moment waren die beiden mitten in der schönsten Schneeballschlacht.

»Mama!« Luzy schleuderte ihre nassen Schuhe in die Ecke und rannte in Strümpfen in die Küche.

»Letti kommt gleich«, sagte Oma Rosmarie, die gerade dabei war, die Suppe abzuschmecken. »Aber du kannst dir schon mal die Hände waschen und ... Himmel, Luzy! Wie siehst du denn aus?«

»Wie sie es verdient hat!«, knurrte Livia, die jetzt ebenfalls zur Tür hereinkam. »Oder zumindest beinahe.« Luzy war mit ihren glatten Sohlen knapp vor der Haustüre ausgerutscht und Livia hatte den Augenblick genützt, um ihrer Schwester die Mütze vom Kopf zu ziehen und mit Schnee gefüllt wieder aufzusetzen.

»Das war total unfair!«, fauchte Luzy.

»Das musst *du* mir grade sagen!«

»Ich erzähl's Mama, darauf kannst du wetten!«

»Ach nein, und wer ist dann die Petze?«

»Wo ist Mama denn?«, fragte Luzy ihre Großmutter, Livia ignorierend.

»In der Garage. Und am besten bleibt sie da auch, bis ihr beide euch wieder beruhigt habt!«

Ein lautes Klirren unterbrach die Unterhaltung und alle drei fuhren herum. Ein Schneeball war gegen das Küchenfenster geknallt und hatte die äußere Scheibe zum Erzittern gebracht.

»Was ist denn da draußen los?« Oma Rosmarie öffnete das Fenster und steckte den Kopf hinaus.

»'tschuldige, Röschen«, kam von unten Opa Franz' Stimme. »Das war ein Querschläger.«

»Kommt rein zum Essen«, rief Oma Rosmarie hinunter. »Und wo habt ihr eigentlich Letti gelassen?«

Jonas und Franz sahen einander an. »Mist«, sagte Jonas, ließ den Schneeball fallen, den er in der Hand hielt, und lief zurück in die Garage.

»Wir haben sie unter dem Jeep vergessen«, meinte Opa Franz und zuckte mit den Schultern. »Kann schon mal vorkommen in der Hitze des Gefechts.« Damit folgte er seinem Schwiegersohn in die Garage und Oma Rosmarie schloss kopfschüttelnd das Fenster.

Ein paar Minuten später kam Opa Franz in die Küche. »Ich bin aus dem Schneider«, flüsterte er grinsend seiner Frau und den Mädchen zu. »Sie ist bloß auf Jonas losgegangen.« Die beiden Mädchen hörten auf, einander böse anzustarren, und richteten ihre Aufmerksamkeit auf ihre Eltern, die eben zur Tür hereinkamen, Jonas im Rückwärtsgang, Letti hinter ihm her, die Arme in die Seiten gestemmt.

»Ich bin bestimmt die einzige Ehefrau, die je unter einer undichten Ölwanne vergessen wurde!«, knurrte Letti gerade. Jonas war damit beschäftigt, in komischer Verzweiflung vor seiner Frau zurückzuweichen, und musste sich dabei mächtig zusammenreißen, um nicht laut loszulachen. Letti trug einen blauen Overall, um die Taille mit einem Stück Wäscheleine zusammengezurrt. Ihre roten Locken hatte sie mit einem knallpinkfarbenen Bandana notdürftig gebändigt. Hände und Arme waren schwarz von Motoröl und quer über die Stirn und über beide Wangen liefen ebenfalls Ölspuren.

»Lettischatz, ich hab dich kein bisschen vergessen, ehrlich, ich hab jede Sekunde an dich gedacht ...«

»Ach nein!«

»Ja, aber das war eine Sache unter Männern, verstehst du?«

»Genau«, stimmte sein Schwiegervater zu. »Ein Mann muss tun, was ein Mann tun muss.« Die Blicke der beiden trafen sich und mit der Selbstbeherrschung war es vorbei, die beiden prusteten gleichzeitig los. Die Zwillinge sahen einander über den Tisch hinweg an und fingen ebenfalls an zu kichern. Bis Oma Rosmarie sich auch ansteckte, dauerte es nur ein paar Sekunden, und schließlich zuckte es auch um Lettis Mundwinkel.

»Na gut«, meinte sie seufzend, als sich alle wieder beruhigt hatten. »Ich werde dir nochmal verzeihen, weil ich so ein großmütiger Mensch bin.«

»Und wie!«, bestätigte Jonas eifrig. »Der großmütigste Mensch, den ich kenne! Und übrigens kenne ich auch keine Frau, der schwarz und ölig so gut steht wie dir!« Erneutes Gelächter von der ganzen Familie, inklusive Letti.

»Wie süß von dir«, sagte sie und war mit zwei schnellen Schritten bei Jonas. »Dafür hast du einen Kuss verdient!« Und schon hatte sie mit beiden schmutzig-schwarzen Händen in seine Haare gefasst, zog sein Gesicht zu ihrem herunter und rieb ihre ölverschmierte Wange an seiner. Dann trat sie einen Schritt zurück und betrachtete ihr Werk. »Also, ich finde, *dir* steht schwarz auch ganz gut!«

»Billige Rache!«, beschwerte sich Jonas. »Und den Kuss hab ich auch nicht gekriegt!«

»Gleich«, meinte Letti. »Aber warte, du hast da was …« Sie strich ihm mit der Hand liebevoll über die Wange.

»Was denn?«, fragte er.

»Eine saubere Stelle«, erklärte Letti, »aber keine Sorge, jetzt ist sie weg!«

Die Zwillinge kreischten begeistert auf und das Gelächter wiederholte sich, diesmal auf Jonas' Kosten.

»Also gut«, sprach Oma Rosmarie schließlich ein Machtwort. »Meine Kohlrouladen machen grade ihrem Namen alle Ehre und verkohlen. Also ab ins Bad, ihr zwei. Nehmt euch ein Beispiel an den Kindern!« Sie zwinkerte den beiden zu. »Sauber und friedlich!«

»Ähm«, meinte Luzy nach dem Essen. »Mama? Nur eine kleine Vorwarnung. Es besteht die Möglichkeit, dass Simsala… ich meine, Mademoiselle Arnaud dich anruft … oder vielleicht auch Frau Fähnrich …«

»Was hast du angestellt?«, fragte Letti misstrauisch.

»Nichts Schlimmes«, warf Livia hastig ein. »War echt halb so wild.«

»Wir hatten bloß ein bisschen Spaß …«

»Wir alle«, fügte Livia hinzu. »Die ganze Klasse! Nicht nur Luzy!«

Letti warf Jonas einen Blick zu, der so was sagte

wie: »Vor drei Monaten hätt's das nicht gegeben!« Sie wusste schon jetzt, dass sie nicht richtig sauer sein würde, egal womit Luzy rausrückte – sie war viel zu froh darüber, dass ihre beiden Töchter endlich lernten, zusammenzuhalten.

»Was war's?«, fragte Opa Franz gespannt. »Habt ihr einen Frosch in ihre Handtasche gesetzt? Ihre Schuhe am Fußboden festgeklebt? Pizza bestellt?«

»Wieso Pizza bestellt?«, fragte Livia neugierig.

»Na, auf den Namen der Lehrerin«, grinste ihr Großvater. »Kommt immer gut, wenn mitten im Unterricht Pizza geliefert wird!«

»Genial!«, rief Luzy begeistert. »Und wie soll das mit dem Schuh gehen?«

»Wir hatten da einen Lehrer, der immer unter dem Pult die Schuhe ausgezogen hat. Ich saß in der ersten Reihe und …«

»Franz«, warnte Oma Rosmarie. »Du bist grade keine große Hilfe. Also, was war nun mit Mademoiselle Arnaud?«

»Na ja, ihr kennt sie ja nicht richtig«, meinte Livia eifrig, immer noch bemüht, Luzy zu helfen. »Aber sie ist schon ziemlich eigenartig. Behandelt uns immer wie Kleinkinder …«

»Und manche Sachen findet sie offenbar komisch«, fiel Luzy ein, »und die sagt sie dann immer wieder, obwohl sie gar nicht komisch sind …«

»Und sie hat eine Vorliebe für alberne Haarspangen«, setzte wieder Livia die Beschreibung fort. »Und dann hat sie immer ein Stück Kreide in der Hand und fuchtelt damit herum, im Takt zu dem, was sie sagt …«

Luzy hatte sich inzwischen schnell zwei Wäscheklammern ins Haar gesteckt, die neben der Spüle lagen, und war aufgesprungen. Nun schnappte sie sich eine Gabel, mit der sie bei jeder Silbe ein Loch in die Luft stach, während sie in Sabine Arnauds Tonfall aufgeregt erklärte: »*Ab-so-lue-ment pas*! Wir sind keine Floh-Sircüs! *A-ssey-ez vous*!« Sie blickte mit gestrengem Auge in die Runde. Dann wechselte »Mademoiselle« Tonfall und Taktik, schob ihren Sessel zurück und begann, auf und ab zu gehen. »Hoküs poküs simsalabim«, flötete sie, »wir lassen verschwinden unsere 'efte und Bücher, *nous escrivons un test*! Aaaaaah, Philippe, *mon chou* …!« Luzy hatte sich über Jonas gebeugt und verwuschelte ihm liebevoll die Haare. »*Dis-moi*: Was 'aben wir gestern gemacht?«

»Phil ist ihr Liebling«, flüsterte Livia ihrer Mutter zu, die gegen ihren Willen fasziniert Luzy bei ihrem Ein-Personen-Stück beobachtete. Die machte gerade große, runde Augen, legte einen Zeigefinger an ihre Wange und fragte, als wäre sie der Erzähler in einem Kasperltheaterstück: »Aaaaah, *oui*, das ist die Fragää! *N'est-ce-pas, mon chou*?«

In diesem Augenblick klingelte es an der Tür. Oma Rosmarie wandte sich auf ihrem Platz um und warf durchs Fenster einen Blick nach draußen. Der frisch gefallene Schnee hatte offenbar die Geräusche des großen schwarzen Geländewagens verschluckt, der nun vor dem Haus stand. »Wer kann das denn sein?«, murmelte sie und wollte aufstehen, doch Luzy war schon zur Tür hinaus.

»*Enchantée, Monsieur, enchantée*! Bittää tretän Sie nä'er!«

Livia verdrehte die Augen. Mann, wie peinlich. Doch nicht vor Fremden! Ihre Schwester wusste einfach nie, wann's genug war!

Luzy kam zurück in die Küche, einen etwas verdutzt blickenden Mann am Arm hereinführend. Er trug schwarze Jeans, ein schwarzes T-Shirt unter seiner Jacke, schwarze Turnschuhe, einen silbernen Ohrring und gar keine Haare. »Mit wem 'aben wir das Värrgnüggen, *Monsieur*?«

Der schwarz gekleidete Mann setzte zu einer Antwort an, aber Luzy/Mlle Arnaud wackelte nur vor seiner Nase mit der Gabel herum, schüttelte heftig den Kopf und meinte: »Mein Name ist 'ase, isch wohne im Wald und weiß von nischts, *n'est-ce-pas*?«

Aber nun hatte der Besucher seine erste Verblüffung überwunden. »Keineswegs«, erklärte er rasch, »ist mein Name Hase, sehr verehrte Mademoiselle.

Ich bin Bert Kehlmann, ein Freund von Sophie Arendt – und Regisseur von Beruf. Und mit wem habe ich das Vergnügen?«

»Oh, isch bin Simsalabine Arnaud! *Enchantée, enchantée*!« Ohne jede Scheu schüttelte Luzy dem Regisseur die Hand und klimperte dabei mit den Wimpern.

»Das reicht jetzt aber, Luzy«, meinte Letti, stand auf und streckte dem Besucher ebenfalls die Hand hin. »Hallo, Herr Kehlmann. Ich bin Letti Hartmann, wir haben schon viel von ihnen gehört. Sie werden ja demnächst hier in der Gegend drehen, nicht wahr? Mit Sophie in der Hauptrolle?«

»Ja, ganz richtig …« Bert Kehlmann begrüßte alle nach der Reihe, bis er zuletzt wieder bei Luzy ankam. »Simsalabine also, ja?«, fragte er mit einem Augenzwinkern.

»Manchmal«, meinte Luzy, nun, da sie aus ihrer Rolle ausgestiegen war, doch ein bisschen verlegen. »Aber im richtigen Leben heiße ich Luzia Hartmann.«

»Natürlich, Luzy und Livia …« Die Augen des Regisseurs schweiften zu Luzys Schwester, die sofort errötend zu Boden blickte. Wenn Livia etwas nicht ausstehen konnte, dann war es, von allen angestarrt zu werden. »Die beiden Freundinnen von Beatrice …«

Die Schwestern warfen einander einen vielsagenden Blick zu. »Freundschaft« war nicht ganz das richtige Wort, um ihre Beziehung zu Bea zu beschreiben – aber immerhin hatten sie nach dem offenen Krieg im Herbst so was wie Waffenstillstand geschlossen.

»Vermutlich wissen Sie, dass Beatrice in unserem Film auch mitspielt? Die jüngere Version ihrer Mutter, sozusagen?«

Erneut warfen Luzy und Livia einander einen Blick zu, der Bände sprach, und wie auf Befehl verdrehten beide gleichzeitig die Augen.

»Ja, Bea hat so was erwähnt«, meinte Letti rasch und schenkte dem Gast eine Tasse Kaffee ein.

»Sie redet von nichts anderem«, korrigierte Luzy. »Man könnte glauben, Sie drehen die große Beatrice-Arendt-Story.«

»Ehm, ja.« Der Regisseur grinste. »Das klingt nach Bea. Ihre Rolle ist allerdings tatsächlich wichtig. Ich weiß nicht, sind Sie mit der Story vertraut? Sie soll sich ja hier in der Gegend irgendwo zugetragen haben.«

Franz Mayer nickte. »Die Von-Theurenbach-Schwestern. Töchter eines Grundbesitzers, gar nicht weit von hier. Die Mutter war bei der Geburt der zweiten Tochter gestorben. Großes Vermögen, aber niedriger Adel. Die Mädchen waren beide bildhübsch und wurden vom Vater an ältere Männer aus dem Hochadel versprochen, als sie noch sehr jung waren. Eine der beiden fügte sich in ihr Schicksal und heiratete, die andere verschwand unter rätselhaften Umständen in der Nacht vor der Hochzeit.«

»Ist sie nie wieder aufgetaucht?«, fragte Luzy mit glänzenden Augen. Was für eine Geschichte! Und sie hatte sich hier in der Nähe von Löwenthal zugetragen!

Oma Rosmarie schüttelte den Kopf. »Nein, nie. Aurora hieß die rebellische. Die Schwestern standen einander sehr nahe, litten unter der Trennung. Therese, die ältere, war verzweifelt, als Aurora verschwand, und hat sie jahrelang gesucht. Dann hörte sie von einem Tag auf den anderen mit der Suche auf. Die einen sagen, sie hat ein Zeichen von Gott bekommen – sie war sehr gläubig. Die anderen munkeln, sie habe Aurora gefunden. Doch wenn dem so war, dann hat sie jedenfalls nie ein Sterbenswörtchen darüber gesagt. Bis zu ihrem Tod im Kloster, das war so um neunzehnhundert, glaube ich.« Oma Rosmarie sah fragend zu ihrem Mann.

»Ja, das kommt hin«, meinte Opa Franz.

»Im Kloster?«, fragte Livia. »Das versteh ich nicht. Ich dachte, sie war verheiratet?«

»Sie ging erst nach dem Tod ihres Mannes dorthin«, erklärte Oma Rosmarie, »als ihre Kinder schon erwachsen waren. Ins Sankta-Cäcilia-Kloster im Ebreichswald, nördlich von Fanning. Es gehört zum Bezirk Schlosshart und kaum jemand kennt es heute noch.«

»Ja«, fuhr Opa Franz wieder fort. »Zwar steht das Gebäude unter Denkmalschutz, aber für Touristen liegt es zu abgelegen. Heute leben nur noch drei Ordensschwestern da, doch in der Blütezeit des Klosters schickten die reichen Familien aus der Umgebung mindestens eine Tochter hin, das gehörte fast zum guten Ton. Therese war eine Ausnahme, sie ging ins Kloster, um dort ihren Lebensabend zu verbringen. Obwohl ihre Ehe arrangiert war, hatte sie ein recht erfülltes Leben, wenn man den Briefen an ihren Vater glauben darf.«

»Du hast ihre Briefe gelesen?«, fragte Luzy. »Ich denke, so was gehört sich nicht.«

»Ganz richtig.« Opa Franz zwinkerte ihr zu. »Aber wenn die Leute erst mal gestorben sind und ihre Briefe im Museum, dann ist es in Ordnung.«

»Dein Großvater hat als Jungspund jeden Sommer in dem Museum gearbeitet«, sagte Oma Rosmarie. »Eintrittskarten gezwickt und so. Sonst hätte er wahrscheinlich nie einen Fuß hineingesetzt!«

»Stimmt«, meinte ihr Mann gutmütig. »Aber damals bin ich draufgekommen, dass Geschichte auch spannend sein kann. Hinter den Jahreszahlen und trockenen Fakten stehen schließlich immer Menschen aus Fleisch und Blut.«

»Sie haben verdammt recht«, hakte Bert Kehlmann ein. »Menschen aus Fleisch und Blut. Und um die Sache noch lebendiger zu machen, haben wir die Story etwas aufgepeppt. Mit einer Liebesgeschichte. Aurora, die Abenteuerlustige, verliebt sich in Adrian, einen Jungen, mit dem sie und Therese aufgewachsen sind. Dann soll sie diesen reichen alten Sack heiraten … oh, Entschuldigung …« Dem Regisseur war Oma Rosmaries hochgezogene Augenbraue nicht entgangen. »Sie soll also diesen betagten Gentleman ehelichen, brennt aber in letzter Sekunde durch und flieht mit ihrer wahren Liebe. Der versetzte Bräutigam lässt sie verfolgen, doch als er sie findet, haben sie bereits heimlich geheiratet, mit der Hilfe von Therese. Nach viel dramatischem Hin und Her inklusive Duell und schwerer Krankheit vergibt der Vater Aurora, die Liebe siegt und alles ist Wonne und Waschtrog.«

»Es ist also kein historischer Film?«, fragte Oma Rosmarie ein wenig enttäuscht.

»So etwas nennen wir ›Auf Tatsachen basierend‹«, antwortete Bert Kehlmann.

»Besser ein bisschen Geschichte als gar keine!«, tröstete Livia ihre Oma.

»Stimmt.« Rosmarie Mayer lächelte ihrer Enkelin

zu und fragte dann ihren Gast: »Sie haben uns noch gar nicht gesagt, was Sie zu uns führt, Herr Kehlmann.«

»Nun ja, ich bin auf der Suche nach geeigneten Drehorten und Sophie hat gemeint, Sie, Herr Mayer, würden sich in der Gegend gut auskennen … Dürfte ich Sie vielleicht bitten, mir …«

»Ja ja«, fiel Opa Franz ihm ins Wort. »Kein Thema. Das mach ich gerne.«

»Das wäre mir eine große Hilfe«, erklärte Kehlmann erleichtert. »Wir haben natürlich Leute im Team, die sich um so was kümmern, aber ein Ortskundiger ist bei so einem Projekt Gold wert. Und außerdem hab ich einen Termin mit Frau Fähnrich, um die Details wegen des Castings zu besprechen …«

»Casting?«

»Probeaufnahmen, Oma«, sagte Luzy ungeduldig. »Heißt das, Sie brauchen Kinder für den Film?«

»Ja, wir brauchen jede Menge Statisten für die Massenszenen – dafür werden wir auch im Dorf noch casten …«

»In der *Stadt*«, korrigierte Letti. »Diesbezüglich sind die Fanninger heikel.«

»Oh – vielen Dank.« Kehlmann lächelte charmant. »Wir wollen ja die Eingeborenen nicht verstimmen! Die Besetzung steht ansonsten natürlich«, fuhr er fort. »Doch die Darstellerin der Therese im Kindesalter ist uns kurzfristig abgesprungen, für sie suchen wir Ersatz. Eine kleine, aber wichtige Sprechrolle. Und der für die Rolle des jungen Adrian vorgesehene Darsteller hat die Windpocken. Deswegen hatte ich gehofft, wir würden hier an der Schule fündig werden.« Der Regisseur zwirbelte seinen Ohrring und sah von Luzy zu Livia, dann wieder zu Luzy und erhob sich. »Es wäre mir eine Freude, die beiden jungen Damen beim Casting wiederzusehen!«

»Klar!«, rief Luzy begeistert, während Livia nur wieder errötete und das Stück Kuchen auf ihrem Teller in kleine Krümel zerlegte.

»Von Mademoiselle Luzys Talent konnte ich mich ja bereits überzeugen«, meinte Kehlmann augenzwinkernd, als er seinen Stuhl zurückschob. »Es hat mich gefreut, Sie alle kennenzulernen, und noch einmal danke, Herr Mayer, für Ihr großzügiges Angebot.«

»Ist mir eine Ehre«, erklärte der Großvater der Mädchen und begleitete den Gast hinaus. »Und schauen Sie doch wieder rein, wenn Sie in der Nähe sind.«

»So schlimm, wie man immer hört, sind die Leute vom Film ja gar nicht«, meinte Oma Rosmarie, als sie den Regisseur beim Ausparken seines Wagens beobachtete.

»Ich find ihn total cool!«, erklärte Luzy. »*For-mi-*

dab-le! Komm, Livia, lass uns zu Anja rüberschauen und ihr alles erzählen!«

»Also irgendwas muss diese Mademoiselle Arnaud richtig machen«, meinte Letti, als die Mädchen zur Tür draußen waren. »Luzys Französisch hat sich enorm verbessert, das konnte man bei ihrer parodistischen Einlage deutlich hören.« Sie stupste Jonas in die Seite, der abwesend auf die Reifenspuren des Geländewagens starrte. »Hörst du mir überhaupt zu?«

»Hmhm«, meinte Jonas. »Meinst du, ich sollte mir einen Ohrring zulegen?«

»Mann, Anja, was hast du mit Semmel gemacht?«, rief Luzy in ihrer üblichen Unverblümtheit. »Sie sieht aus wie ein blonder Wal!«

»Ja, ich glaube, du hast das Wort Meer-Schwein zu ernst genommen«, stimmte Livia zu. »Aber immerhin, Semmel-Wale stehen bestimmt unter Artenschutz.«

»Witzig, witzig!«, antwortete Anja gelassen. »Mit einem habt ihr allerdings wirklich recht. Ein Meerschwein ist Semmel nicht.«

Einen Augenblick weidete sich Anja an den verständnislosen Gesichtern ihrer Freundinnen. »Sie ist *zwei* Meerschweine!«, verkündete sie dann strahlend. »Oder drei! Oder vielleicht sogar vier! Ich hatte es schon die längste Zeit vermutet, weil sie immer mehr aussieht wie eine Birne …«

»Eine Monsterbirne!«, fügte Luzy hinzu und erntete einen vernichtenden Blick von Anja.

»… und heute hab ich vorsichtig ihren Bauch abgetastet und ganz winzige Tritte gespürt!«

»Und wir wollten schon Frau Direktor Fähnrich fragen, ob wir nicht ein zweites dazu nehmen dürfen – wo Meerschweinchen doch nicht einzeln gehalten werden sollen!« Livia streichelte das mittlerweile ganz zutrauliche Semmelchen.

»Das weiß Anja doch selber!«, meinte Luzy und verdrehte die Augen. »Dass du dich immer wichtigmachen musst!«

»Mach ich gar nicht!«, begehrte Livia auf.

»Machst du doch!«

»Mach ich nicht!«

»Aufhören!«, erklärte Anja sehr entschieden. »Die werdende Mutter braucht Ruhe und positive Energie!«

»Ts«, machte Luzy und warf Livia einen bösen Blick zu.

»Hmpf«, machte Livia und verschränkte die Arme vor der Brust.

Anja schüttelte den Kopf. »Ihr seid so doof«, meinte sie. »Ich hab meine Geschwister seit den Herbstferien nicht gesehen und vermisse sie so! Und ihr dürft zusammen sein, und statt euch drüber zu freuen, geht ihr dauernd aufeinander los!«

»Streitet ihr euch denn nie?«, fragte Luzy neugierig. Anja kam aus einer großen Familie. Fünf Geschwister, die Eltern, Großeltern und eine Tante lebten gemeinsam auf einem Bergbauernhof. Das heißt, nun waren es nur noch vier Geschwister, denn Anja hatte ein Hochbegabten-Stipendium für Löwenthal erhalten. Sie fühlte sich wohl hier und genau wie Livia genoss sie es, endlich nicht mehr die einzige »Intelligenzbestie« in der Klasse zu sein. Aber mit dem Heimweh kämpfte sie immer noch.

»Wie soll sie denn bitte schön mit einer Schwester streiten, die vierhundert Kilometer weit weg ist?«, fragte Livia.

»Ich meine natürlich, ob sie dann streiten, wenn sie *zusammen* sind, Fräulein Superschlau!«, gab Luzy zurück.

»Du hast versprochen, mich nicht mehr so zu nennen!«

»Dann benimm dich eben auch nicht so!«

»So was nennt man ein Versprechen brechen!«

»So was nennt man alles besser wissen!«

»O.k., das reicht!« Mit ungewohnter Entschlossenheit packte Anja jeden Zwilling an einem Ärmel und bugsierte beide zur Tür hinaus. »Kommt wieder, wenn ihr friedlich seid! Semmel braucht Harmonie!«

»Aber …«, begannen die Schwestern wie aus einem Mund zu widersprechen, doch da hatte Anja ihnen schon die Türe vor der Nase zugeknallt.

»Was ist denn in die gefahren?«, fragte Luzy verblüfft.

Livia zuckte mit den Schultern. »Das sind die Hormone«, meinte sie. »Sie wird schließlich Großmutter.«

Luzy grinste. »Manchmal bist du richtig witzig.«

Livia zuckte mit den Schultern. »Ja, aber woher sollst du das wissen? Du kennst mich ja noch nicht so lange.«

»Nicht so witzig wie ich natürlich …«, fuhr Luzy fort.

»Natürlich nicht. Niemand ist so witzig wie du.«

»Find ich auch.«

»Oder so eingebildet.«

In diesem Moment bog Beatrice Arendt um die Ecke, ihr seidiges blondes Haar in einer geübten Bewegung über die Schulter zurückwerfend, eine riesige Paris-Hilton-Sonnenbrille in die Stirn geschoben, in engen weißen Jeans, weißen Zottelmoonboots und pinkfarbener Daunenjacke. Sie sah aus, als hätte sie eben Pause bei einem *Vogue*-Modeshooting.

»Ich glaub, das nehm ich zurück«, meinte Livia und grinste Luzy zu. Wenn Bea auf den Plan trat, war das schwesterliche Hickhack vergessen.

»Na, Mädels«, meinte Bea herablassend, »schon gehört, dass ich jetzt ein Einzelzimmer habe?«

»Ja«, sagte Luzy ernst. »Ich glaube, das Meerschweinchen mochte deinen Geruch nicht, oder?«

Tatsächlich hatte Bea sich so ausdauernd über den Stallgeruch in dem Zimmer beklagt, das sie anfangs gemeinsam mit Anja bewohnte, dass Frau Fähnrich ihr schließlich anbot, umzuziehen. Bea hatte natürlich damit gerechnet, dass *sie* das Turmzimmer behalten würde, das sonst älteren Schülern vorbehalten war. Immerhin hatte ihre Mutter alles darangesetzt, dass sie es bekam. Aber die Direktorin fand, dass derjenige das Feld räumen musste, der ständig stänkerte, und nicht der, der angeblich stank.

»Ausgesprochen witzig, Luzy, wirklich.«

»Ja, das bin ich, nicht wahr? Livia hat gerade genau dasselbe gesagt.«

»Jenny, haben wir Zeit, uns zu unterhalten?«, fragte Bea, als wäre die Freundin, die stets wie ein Schatten hinter ihr herlief, ihre Privatsekretärin.

»Nein, haben wir nicht«, meinte die schnippisch. »Wir müssen uns um deine Website kümmern.«

»Richtig. Ich muss in mein Zimmer gehen, meinen nagelneuen Laptop aufklappen und meine Fanpost beantworten!«

»Und was machst du, wenn du damit durch bist?«,

fragte Luzy mit ihrem liebenswürdigsten Lächeln. »So nach drei, vier Sekunden?«

Bea lächelte schmallippig zurück. »Da ist wohl jemand eifersüchtig, was?«

»Ich wüsste nicht, worauf«, erklärte Luzy. »Obwohl, ich hätte schon auch gern einen dressierten Affen.«

»Du hast einen Affen?«, fragte Jenny und sah Bea verblüfft an.

»Nur meiner müsste ein bisschen intelligenter sein«, fügte Luzy hinzu.

An Jennys sich verfinsterndem Gesichtsausdruck merkte man, dass es ihr langsam dämmerte. Bea hingegen behielt ihr kleines Lächeln bei. »Ich hab gehört, es werden noch ein paar Statistenrollen vergeben«, meinte sie. »Geht ihr auch zum Casting? Mal Filmluft schnuppern statt Kuhmist?«

»Nicht für viel Geld«, murmelte Livia.

»Aber sicher«, entgegnete Luzy gelassen. »Herr Kehlmann hat mich schon persönlich gebeten, vorbeizukommen, weil er mich für sehr talentiert hält.«

Kaum merklich schien Bea für einen kurzen Moment aus dem Konzept gebracht. Doch dann lachte sie auf, wenn auch ein klein wenig gekünstelt. »Der gute Bert«, sagte sie wohlwollend. »Da wollte er wohl einem kleinen Mädchen vom Land eine Freude machen. Also, man sieht sich.«

Jenny starrte immer noch wütend auf Luzy.

»Abgang, Jenny!«, rief Bea, schüttelte erneut ihre blonde Mähne und ging voraus. Hastig wandte Jenny sich ab und dackelte hinter ihrer Königin her.

»Will ich wirklich zu dem Casting?«, fragte Luzy zweifelnd. »Jetzt stell dir mal vor, die nehmen mich und ich muss *ihre* Schwester spielen.«

»Ja«, meinte Livia. »Willst du der armen Bea das wirklich antun?«

»Wenn man es so betrachtet«, meinte Luzy fröhlich, »ja, ich will!«

Wenn das nur gut geht

Der »Zoo«, wie die Zwillinge den Raum neben Luzys Zimmer nannten, in dem Oma Rosmarie bei Bedarf vierbeinige »Pensionsgäste« unterbrachte, war, wie meistens von Oktober bis Weihnachten, nicht sehr bevölkert. Es war keine Urlaubszeit, daher hatte auch niemand seine Katzen, Hunde, Meerschweinchen oder Rennmäuse bei den Mayers in Pflege gegeben. Derzeit gab es nur einen Bewohner im Zoo, oder vielmehr eine Bewohnerin: Helena.

Livia hockte rittlings auf einem Stuhl, die Arme auf der Lehne verschränkt, das Kinn in die Hände gestützt, und beobachtete sie. Helena hieß so, weil sie die schönste Kröte war, die man sich vorstellen konnte, und Fräulein Brommel im Deutschunterricht von der schönen Helena von Troja erzählt hatte. In der freien Wildbahn würde Helena jetzt unter einem Laubhaufen oder Holzstoß Winterruhe halten, aber

Oma Rosmarie hatte sie Ende Oktober, knapp vor dem ersten Frost, mit verletztem Bein und fast bewegungsunfähig gefunden – wahrscheinlich hatte ein Marder oder eine Katze sie erwischt, auch der Mayer'sche Hauskater Max war als Täter nicht auszuschließen. Katzen fraßen zwar Frösche und Kröten nicht, weil sie ihnen einfach nicht schmeckten, aber die Bewegung im Gras oder Laub regte ihren Jagdtrieb an, daran ließ sich nichts ändern. Jedenfalls hatte Livia gemeinsam mit Papa Opas altes Aquarium in ein Terrarium umgewandelt – es war mit feuchtem Moos und feinem Laub ausgepolstert, das sie ständig feucht hielt. Sie hatten der Kröte aus Rindenstücken und Steinen zwei Unterschlüpfe gebastelt, damit sie sich zurückziehen konnte, und Livia fütterte sie mit Heimchen aus dem Zoohandel. Jonas hatte gemeint, Helenas Bein müsste erst verheilen, dann könnte man sie zur Überwinterung in den kalten Keller übersiedeln. Die Verletzung hatte böse ausgesehen und anfangs war Helena so apathisch gewesen, dass sie Angst hatten, sie würde doch noch sterben. Aber mittlerweile hatte sie sich gut erholt und an ihr Übergangsquartier gewöhnt. Livia führte ein Krötentagebuch, komplett mit Foto-Dokumentation. Sie nannte es ihr Helena-Logbuch, und jeden Abend erzählte sie Jonas, was es Neues gab in Krötenhausen. Um die früheren Zoobewohner hatte sie sich immer mit Luzy gemeinsam gekümmert – oder abwechselnd, wenn sie gerade mal wieder Krach hatten –, aber für Helena war sie ganz allein zuständig. Luzy hatte es ohnehin nicht so mit Amphibien. Und außerdem schwirrten ihrer Schwester gerade viel zu viele andere Dinge im Kopf herum. Erschrocken sah Livia auf ihre Armbanduhr mit den Delfinen: das Casting! Sie wollte doch da sein, wenn Luzy mit den Probeaufnahmen fertig war!

Atemlos kam sie beim Umkleideraum vor dem Turnsaal an, der für einen Tag zum Studio umfunktioniert worden war, doch Luzy schien noch nicht wieder rausgekommen zu sein. Dafür saß jemand anderer auf einer der Holzbänke, mit dem sie hier nicht gerechnet hätte. »Rollo!«, rief sie verblüfft. »Sag bloß, du willst auch zum Casting!«

»Nicht für viel Geld«, sagte Rollo entsetzt und Livia musste grinsen, weil sie vor Kurzem genau dasselbe gesagt hatte. Mit Rollo waren die Zwillinge schon seit Ewigkeiten befreundet – in den Ferien waren sie immer unzertrennlich gewesen und er gehörte für Livia genau so sehr zu Löwenthal wie ihre Großeltern.

»Ich hole bloß Phil ab«, sagte er. »Das heißt, ich wollte ihn abholen, aber er scheint immer noch drin zu sein.«

»Genau wie Luzy. Was das wohl bedeutet?« Phil,

der Junge mit den stinkreichen Eltern, hatte zu Beginn des Schuljahres alles getan, um sich unbeliebt zu machen – doch unter seiner arroganten Schale steckte ein ganz passabler Kern, das hatten die Zwillinge bald herausgefunden. Wenn Livia so an die ersten Wochen mit Phil zurückdachte, und was er sich alles geleistet hatte, so konnte sie sich durchaus vorstellen, dass er zum Schauspieler taugte: Er hatte ihnen ja auch erfolgreich den eingebildeten Schnösel vorgespielt.

In diesem Moment wurde die Tür vom Turnsaal zur Garderobe aufgestoßen und Luzy stürmte heraus, mit vor Aufregung hochroten Wangen und glänzenden Augen. »Ich hab sie!«, rief sie Livia entgegen. »Ich hab die Hauptrolle!«

»Von wegen Hauptrolle!« Bea kam, sichtlich sauer, hinter ihr hergetrippelt, wie üblich begleitet von Jenny. »Die Hauptrolle hab *ich*! Du spielst bloß die farblose, langweilige *Schwester* der Hauptrolle!«

»Dabei wollte *ich* doch so gerne deine langweilige Schwester spielen …«, schniefte Jenny.

Luzy ignorierte die beiden nicht einmal, stattdessen ging sie noch mal ein paar Schritte zurück und zerrte Philippe am Arm aus dem Turnsaal in den Umkleideraum. »Und darf ich vorstellen: Vor euch steht Adrian, unser Jugendfreund und Auroras späterer feuriger Liebhaber!«

Etwas verlegen strich Phil sich sein glattes, fast schwarzes Haar aus der Stirn. »Aber *den* Teil spielt zum Glück jemand anderer«, schnaufte er.

»Ähm, na ja«, meinte Rollo ein bisschen unbehaglich. »Gratuliere, schätze ich.«

»Danke.« Phil zuckte mit den Schultern. »Hab mir gedacht, es ist in jedem Fall besser als Schule.«

»Ihr werdet euch noch wundern«, sagte Bea spitz. »Schauspielerei ist kein Kinderspiel, sondern harte Arbeit. Ich hoffe nur, ihr habt euch da nicht zu viel vorgenommen.«

»Das hoffe ich von dir auch, Beatrice«, ließ sich Frau Direktor Fähnrich vernehmen. »Wenn Herr Kehlmann sich nicht so für dich eingesetzt hätte, ich weiß nicht, ob ich dich für die Dreharbeiten freigestellt hätte. Nach deinen Noten in letzter Zeit zu urteilen, hast du dich wohl mehr mit deiner Website als mit Mathematik und Englisch beschäftigt.«

»Hauptsache, sie kann ihre Fans zählen und ›HOLLYWOOD‹ buchstabieren!«, flüsterte Luzy.

Eigentlich konnte Frau Fähnrich das unmöglich gehört haben, aber sie drehte sich genau in diesem Moment um und sah Luzy über ihre Lesebrille direkt in die Augen. »Was dich angeht, Luzia, so hast du großes Glück, dass ich dich nicht aus anderen Gründen vom Casting ausgeschlossen habe. Es wäre schön, wenn du in Zukunft dein schauspielerisches Talent auf das Filmset beschränken würdest. Haben wir uns verstanden?«

Luzy zog eine kleine Grimasse. »Ja, Frau Fähnrich.«

Ein Lächeln stahl sich auf das Gesicht der Direktorin. »Na, wenn das geklärt ist, dann bleibt mir nur noch, euch viel Spaß zu wünschen.« Damit wandte sie sich ab und sofort flüsterte Luzy wieder los: »Hey, Phil, wie kommt das, das du als Einziger *keine* Standpauke abkriegst?«

»Ach ja, bevor ich's vergesse ...«, erklang da abermals Frau Direktor Fähnrichs Stimme. »Philippe, deine versäumten Kantinendienste wirst du selbstverständlich nach Weihnachten nachholen, da sind wir uns doch einig?« Der Kantinendienst hatte ebenfalls »disziplinäre Gründe«, die aber nur Bea, Rollo und die Zwillinge kannten. Phil war für eine Serie von Diebstählen im Internat verantwortlich gewesen – er wollte sich erwischen lassen, um dann deshalb von der Schule zu fliegen. Den Plan hatte Rollo vereitelt und dabei sogar in Kauf genommen, selbst verdächtigt zu werden. Seither waren die so unterschiedlichen Jungs dicke Freunde.

»Selbstverständlich«, erklärte Phil und machte einen formvollendeten Diener. »Stets zu Diensten, Frau Direktor.« Die Direktorin lächelte wieder und ging aus dem Umkleideraum, diesmal endgültig.

»Herr Kollege«, sagte Luzy und hakte Phil unter. »Finden Sie es auch so anstrengend, ständig von der Presse belagert zu werden? Diese Paparazzi sind ü-ber-all!«

»Stimmt genau«, erwiderte Phil. »Neulich saß ich auf meinem goldenen Klo und da tauchte doch tatsächlich einer dieser Kerle am Fenster auf! Ich meine, hat der noch nie ein goldenes Klo gesehen, oder was?«

»Ich weiß, was Sie meinen«, antwortete Luzy mitfühlend. »Man hat keine Privatsphäre mehr! Andererseits kann ich die Leute ja verstehen, die von uns nicht genug kriegen!«

Luzy kicherte los und sie und Philippe gingen voraus in den Gemeinschaftsraum, um dort bei einer Kanne heißer Schokolade ordentlich zu feiern.

Schweigsam trottete Livia neben Rollo hinter den beiden her. Meine Schwester, der Filmstar, dachte sie sorgenvoll. Wenn das nur gut geht.

»Das ist wirklich sehr nett, dass Sie uns hergefahren haben, Herr Waiglein«, sagte Livia. »Aber Sie müssen uns doch nicht bis vor die Tür bringen.«

»Genau«, fügte Jo hastig hinzu. »Wir können die Auffahrt ja zu Fuß hinaufgehen!«

»Ach was«, meinte Theo Waiglein, Jos Vater und als Besitzer der örtlichen Autowerkstatt und der angeschlossenen Fahrschule somit auch Letti Hartmanns Chef. »Es ist saukalt und außerdem sind wir knapp dran. Ich will ja nicht, dass ihr zu spät ins technische Werken kommt, mein Junge.«

»Aber wir laufen gerne, wirklich!«, drängte Livia. »Meine Oma sagt immer: ›Ein Kind kann gar nicht zu viel an der frischen Luft sein‹.«

Herr Waiglein lachte donnernd. »Schon möglich, aber ich möchte nicht wissen, was sie sagt, wenn ihre Enkelin sich meinetwegen im Schneematsch nasse Füße holt und erkältet! Und außerdem hat deine Mutter Jo schon so oft zum Nachmittagsunterricht gefahren, da kann ich euch nicht auf halbem Weg absetzen, oder?«

»Aber Frau Hartmann muss ja sowieso bis zum Schloss rauffahren«, machte Jo einen letzten Versuch. »Aber du hast doch gleich wieder in der Stadt zu tun ...«

»Ich bring euch zur Tür und basta«, schnauzte sein Vater ungeduldig zurück. »Musst du denn wirklich wegen allem und jedem mit mir diskutieren?«

»Aber ...«, begann Jo erneut, doch Livia kniff ihn in den Arm und warf ihm einen warnenden Blick zu. Herr Waiglein hatte ein ziemliches Temperament und sie wollten ihn schließlich nicht misstrauisch machen. »Aber klar«, hakte Livia also ein, »ist doch super, der Taxi-Service. Wir wollten Ihnen nur helfen, Zeit zu sparen.«

»Kein Problem«, brummte Theos Vater, schon wieder besänftigt. »Hab erst in einer Stunde einen Kunden.« Er setzte den Blinker und bog in die kurvige Zufahrt zum Schloss Löwenthal ein. »Wenn ich's mir so recht überlege«, meinte er und fuhr am Haupteingang vorbei auf den Lehrerparkplatz, »dann hätte ich sogar Lust, heute mal mit reinzukommen und mir anzusehen, was ihr so macht.«

Jo erstarrte vor Schreck auf der Rückbank und sah Hilfe suchend zu Livia, die auch wie gelähmt dasaß. Was jetzt? Jos Vater durfte auf keinen Fall mit reinkommen! Er würde einen Tobsuchtsanfall kriegen, wenn er seinen Sohn in dessen Kursraum bei der Arbeit sah – oder noch schlimmer.

»Ähm, ja sicher«, meinte Livia vorsichtig, »Jo und ich fänden das toll …« Jo warf ihr einen Blick zu, der eindeutig fragte, ob sie plötzlich ihren gesamten, viel gerühmten Verstand für wohltätige Zwecke gespendet hätte. Unbeirrt davon fuhr Livia fort: »… aber Herr Stieglitz sieht das leider anders. Er will nicht, dass wir in unserer Konzentration gestört werden, wissen Sie?«

»Herr Stieglitz hat grade in Rekordzeit seinen Wagen wiedergekriegt – und auch zu einem Rekordpreis, ganz nebenbei bemerkt. Ich glaube kaum, dass er mir einen schnellen Blick auf das Projekt meines Sohnes verwehren wird.«

Theo Waiglein hatte eingeparkt und öffnete seine Wagentür. »Was ist mit euch?«, fragte er erstaunt die Kinder, die sich noch keinen Millimeter bewegt hatten. »Eingepennt, da hinten?«

»Wir … wir kommen schon …«, sagte Livia zögernd, »mir ist nur ein Stift runtergefallen.« Sie beugte sich nach unten und tastete auf der Gummimatte des Wagens nach einem imaginären Stift. »Mach einfach, was ich sage, o.k.?«

Jo nickte nur, ziemlich blass um die Nase.

»Hab ihn«, sagte Livia fröhlich und sprang aus dem Auto.

»Na, alsdann«, brummte Herr Waiglein.

»Wetten, ich bin Erste im Werksaal?«, rief Livia nun und machte einen Schritt in Richtung Schultor. Jo sah sie nur verständnislos an. Wer dachte im Angesicht einer Katastrophe an so was Albernes wie ein Wettrennen? »Kriegst mich nicht, lahme Ente!« Livia drehte Jo eine lange Nase, wandte sich um und lief ernsthaft los. Endlich schien Jo zu kapieren und nahm Livias Verfolgung auf.

»Schneller, mein Junge«, hörten sie hinter sich die lachende Stimme von Jos Vater. »Du wirst dich doch nicht von einem Mädchen abhängen lassen!« Das klang nach Spaß, aber Livia wusste nur zu gut, dass Theo Waiglein es mindestens zur Hälfte ernst meinte, wenn er so was sagte.

»Winterstiefel ausziehen!«, rief Herr Mönch, der Portier, von seinem Kreuzworträtsel aufschauend, als Livia und Jo an ihm vorbeirannten.

»Spät dran, Herr Mönch«, rief Livia außer Atem über die Schulter zurück. »'tschuldigung!« Sie konnte sehen, dass der Portier aufgestanden war und seinen halben Oberkörper durchs Fenster der Portierloge gezwängt hatte.

»Laut Schulordnung besteht bei Schnee und nassem Wetter *Hausschuhpflicht*!«, brüllte er ihnen nach, aber da waren beide schon auf halber Höhe der Treppe zum ersten Stock, in dem der Werkraum lag. Eigentlich war Herr Mönch ein eher gemütlicher Typ, der es mit der Hausordnung nicht so genau nahm – außer das Nichtbefolgen einer Regel hatte zur Folge, dass er mehr Arbeit hatte. Gerade hatte Herr Stieglitz, der auch der Mathelehrer der Zwillinge war, den Saal aufgeschlossen und die vor der Tür wartenden Schüler strömten hinein. »Herr Waiglein!«, sagte der Lehrer verblüfft, als Jo sich unauffällig an ihm vorbeidrücken wollte. Er bestand aus unerfindlichen Gründen darauf, auch seine jüngsten Schüler zu siezen. »Haben Sie sich nicht in der Tür geirrt?«

»Psssst!«, machte Livia erschrocken und Herr Stieglitz runzelte die Stirn angesichts dieser Respektlosigkeit.

»Fräulein Hartmann«, setzte er an, »ich dachte

eigentlich nicht, dass Sie zu jener Sorte Schüler gehören würden, die meinen, man verdiene sich mit fachlicher Brillanz das Recht, den Tonfall gegenüber einer Autoritätsperson …«

»Nein, nein, Herr Stieglitz«, unterbrach Livia ihn. »Ich wollte nur …«

»Und jetzt fallen Sie mir auch noch ins Wort!«, empörte der Lehrer sich. Sie standen immer noch in der Tür zum Werkraum, der Geräuschpegel im Klasseninneren stieg bereits merkbar an und Herr Stieglitz verlor langsam die Geduld. »Ich wüsste wirklich gerne, was in Sie gefahren ist! Und Sie, Herr Waiglein, verfügen sich in der Sekunde …«

In diesem Moment tauchte am Treppenabsatz schnaufend Theo Waiglein auf. Herr Stieglitz sah von Jos Vater zu Jo und dann zu Livia.

»Bitte, Herr Stieglitz!«, flüsterte Livia. »Nur dieses eine Mal!«

Jos Blick war der eines angststarren Kaninchens im Angesicht der Schlange.

»Und Sie, Herr Waiglein«, wiederholte der Lehrer, »verfügen sich in der Sekunde …« Jos Augen weiteten sich vor Schreck. »… an Ihren Platz, ich werde mir gleich Ihr Spaghettiprojekt ansehen!«

»Jawohl, Herr Stieglitz«, krächzte Jo dankbar und die Kinder schlüpften am Lehrer vorbei in den Werkraum.

»Spaghettiprojekt?«, donnerte Jos Vater, der nun schon in Hörweite war. »Darf man fragen, was Spaghetti mit technischem Werken zu tun haben?«

Herr Stieglitz richtete sich zu seiner vollen, nicht unbeträchtlichen Größe auf. Kleine rote Flecken erschienen auf seinen Wangen. Er liebte es gar nicht, wenn seine Kompetenz infrage gestellt wurde. »Sie dürfen, Herr Waiglein, auch wenn ich mich ein wenig über den Ton wundern muss, in dem Sie das tun. Kommen Sie.« Der Lehrer wandte sich um und ging voraus in den Klassenraum. »Die Aufgabenstellung dieses Statikprojektes«, fuhr Herr Stieglitz fort, »war es, aus Spaghetti eine Brücke zu bauen, die vierzig Zentimeter überspannt, eine vier Zentimeter breite Fahrbahn hat und eine möglichst große Last bei kleinem Eigengewicht trägt.« Tatsächlich gab es auf jeder Bank ein Brückenmodell zu bestaunen, nur aus langen, dünnen Nudeln gebaut. Jos Vater war so verblüfft, dass er gar nichts sagte, und Herr Stieglitz fuhr fort mit seinem Vortrag: »Arbeitsmaterial: ausschließlich eine einzige Sorte Spaghetti, für alle dieselbe Länge und Dicke. Einziges Hilfsmittel: Heißkleber. Heute werden wir die Tragfähigkeit der einzelnen Modelle überprüfen, sowie ihr Eigengewicht und ihre statischen Eigenschaften.« In der letzten Bankreihe blieb Herr Stieglitz vor einer wunderschön gearbeiteten Bogenbrücke mit Fachwerkunterbau stehen.

»Beeindruckend!«, murmelte Herr Waiglein. »Wirklich beeindruckend.«

»Danke«, sagte Livia automatisch, fuhr dann jedoch sofort geistesgegenwärtig fort: »›Danke‹ sagt man, Jo! Wenn man ein Kompliment kriegt!« Sie gab ihrem um einen Kopf kleineren, blonden Freund einen Schubs mit dem Ellenbogen.

»Äh, danke«, sagte Jo und bekam rote Ohren.

Sein Vater sah ihn mit dem Ausdruck größter Verblüffung an. »Das ist *deine* Arbeit, mein Sohn? Ist ja kaum zu glauben!«

»In der Tat«, meinte Herr Stieglitz mit einem vielsagenden Blick zu Livia. »Kaum zu glauben. Ein bemerkenswertes Modell. Ich hoffe, Sie haben sich davon überzeugt, dass in meiner Klasse ernsthafte technische Aufgaben gestellt und auch bewältigt werden, Herr Waiglein. Wenn ich jetzt mit dem Unterricht beginnen dürfte?«

»Selbstverständlich, selbstverständlich. Nichts für ungut, Herr Stieglitz. Wollte nur mal sehen … Ich meine, man macht sich als Vater so seine Gedanken, verstehen Sie … und wo ich schon mal hier war …«

»Aber ja. Durchaus verständlich.«

»Na ja, dann geh ich jetzt wieder … ich habe ohnedies … einen Kunden …«

»Schön, dass Sie vorbeigeschaut haben, Herr Waiglein.«

Jos Vater nickte nur und wandte sich zum Gehen. »Wo ist eigentlich dein Projekt?«, fragte er Livia, die immer noch neben Jo stand.

»Meines?«, stammelte Livia. »Also, ich … meines ist zerbrochen. Leider. Ein bisschen zu viel Druck beim Kleben, und schon war's passiert.«

»Ja ja«, meinte Theo Waiglein und unüberhörbar schwang so etwas wie Zufriedenheit in seiner Stimme mit. »Für diese technischen Dinge braucht man ein Gespür … will nicht sagen, dass Frauen so was nicht können … deine Mutter zum Beispiel … aber das sind doch Ausnahmen … nicht wahr … ja, also dann … will ich nicht länger stören …«

»Auf Wiedersehen, Herr Waiglein.«

Die Tür schloss sich hinter Jos Vater und sofort ging aufgeregtes Geplapper unter den Schülern los, die natürlich alle mitbekommen hatten, was los war, und sich jetzt ihren Reim drauf machten.

»Ruhe, bitte«, rief Herr Stieglitz. »Herr Suttner, bitte holen Sie die Gewichte und die Waage aus dem letzten Schrank unten. Herr Binder, verschieben Sie freundlicherweise die Expedition in Ihr Naseninneres auf später. Fräulein Hartmann, bitte zu mir.«

»Danke vielmals, Herr Stieglitz«, sagte Livia erleichtert, als sie am Lehrerpult ankam. »Sie wissen gar nicht …«

»Und *Sie* wissen gar nicht«, unterbrach Herr Stieglitz sie, »in was für eine Lage Sie mich da bringen, Fräulein Hartmann! Ich musste nicht direkt die Unwahrheit sagen, drum ist das Ganze noch mal gut gegangen. Und ich verstehe ja, dass Sie Ihrem Freund helfen wollen. Mir ist auch bewusst, dass Herrn Waigleins Mutter das Ganze billigt. Aber hier gezwungen zu sein, einem besorgten Vater falsche Tatsachen vorzuspiegeln …« Er sah Livia an, die verlegen auf ihre Schuhspitzen starrte.

»Ich weiß, Herr Stieglitz.«

»Sorgen Sie einfach dafür, dass so was nicht noch einmal vorkommt.«

»Ja natürlich, Herr Stieglitz.« Wie sie das machen sollte, war ihr allerdings schleierhaft.

»Herr Waiglein hat übrigens vollkommen recht.«

Empört sah Livia zu ihrem Lehrer auf. »Sie meinen, weil er nicht will, dass sein Sohn Kochen lernt? Aber, Herr Stieglitz …«

»Nein. Ich meine mit dem, was er über Ihr Modell gesagt hat. Beeindruckend. Lassen Sie uns sehen, ob die Belastbarkeit Ihrer Brücke mit dem Design mithalten kann!«

Livia nickte nur mit hochrotem Kopf und lief zurück an ihren Tisch, wo Jo immer noch hinter »seinem« Modell auf sie wartete. »Danke«, sagte er leise. »Wenn ich erst mein Restaurant habe, darfst du lebenslang dort gratis essen. Du und deine ganze

Familie. Selbst, wenn du sieben Kinder kriegst. Ich schwör's.«

»Du musst dir was einfallen lassen«, flüsterte Livia zurück. »Mittlerweile wissen es fast alle außer deinem Vater. Es ist nur noch eine Frage der Zeit, dass er draufkommt! Immer noch besser, er hört es von dir als von jemand anderem!«

»Und Sie, Herr Waiglein«, rief Herr Stieglitz, »verfügen sich nun endlich in die Klasse von Frau Antoni, wo Sie vermutlich im Zusammenhang mit Spaghetti andere Aufgaben gestellt bekommen als Brückenbau.«

Jo bekam einen hochroten Kopf und nickte eifrig. »Ja, ja, ich lass mir was einfallen!«, flüsterte er Livia zu, viel zu erleichtert, dass er noch einmal davongekommen war, um sich jetzt Sorgen über die Zukunft zu machen. So bald würde sein Vater bestimmt nicht wieder in der Schule auftauchen. Er ging zur Tür, öffnete sie und spähte vorsichtig hinaus. Die Luft schien rein zu sein, denn einen Moment später zeigte er der Klasse strahlend einen nach oben gerichteten Daumen und dann konnte man seine hastigen Schritte über den Gang hallen hören. Frau Antoni, die Leiterin des Kochkurses, würde sich schon wundern, wo ihr Lieblingsschüler blieb.

Letti war endlich mit der Reparatur an Jonas' Auto fertig geworden und hatte in der Dusche erfolgreich die Spuren des Motoröls von Händen und Gesicht entfernt. Ihre Haare waren frisch gewaschen und die Lockenpracht umrahmte ihr Gesicht wie eine rote Wolke. Ihr Kleid hatte dasselbe Grün wie ihre Augen, ihre Schuhe waren zu hoch, um darin zu gehen, aber sie würde ja auch vorwiegend sitzen: Sie und Jonas wollten noch einmal schön ausgehen, um Jonas' Geburtstag vorzufeiern. Den eigentlichen Geburtstag würde er auf einer Forschungsstation im griechischen Mittelmeer verbringen – er arbeitete derzeit an einer Studie, die die Mitschuld bestimmter Umweltsünder an der Verschmutzung des Meeres in dieser Region beweisen sollte. Der Gewöhnliche Delfin war im Mittelmeer unmittelbar vom Aussterben bedroht und Projekte wie das von Jonas waren der einzige Weg, diese Gefahr aufzuzeigen. Man brauchte belegbare Zahlen und Fakten, mit denen man argumentieren konnte. Auch wenn jeder wusste, dass Überfischung und Verschmutzung der Meere zur Ausrottung von immer mehr Tierarten führten – den politisch Verantwortlichen musste man den Zusammenhang *beweisen*. Die oft wochen- oder sogar monatelangen Trennungen waren für Letti nicht immer einfach gewesen – allein mit zwei Kindern, die einander bei jeder Gelegenheit an die

Gurgel gingen. Doch seit die Familie in Löwenthal bei Lettis Eltern wohnte, hatte sich die Situation entspannt. Die Streitereien der Zwillinge waren weniger wild als früher und die Versöhnungen kamen schneller. Und wenn sich Letti doch mal überfordert fühlte, sprangen ihre Eltern gerne ein. Löwenthal tat den Mädchen gut – Livia fühlte sich nicht mehr wie eine Zirkusnummer hier an der Schule, wo es in jeder Klasse einige hochbegabte Schüler gab, und Luzy hatte aufgehört, in ihrer Schwester ständig nur die Konkurrentin zu sehen. Das mit der Filmrolle war bestimmt in dieser Hinsicht auch eine gute Sache. Luzy bekam eine Möglichkeit, im Mittelpunkt zu stehen, was Livia sowieso nicht wollte. Zumindest nicht so. Dafür hatte Livia ihre Kröte. Letti musste lächeln, wenn sie daran dachte, wie unterschiedlich ihre beiden Töchter waren.

Sie tuschte sich die Wimpern, puderte sich die Nase und trug Lippenstift auf – das Maximum an Make-up, zu dem sie sich durchringen konnte. Dann betrachtete sie sich zufrieden im Spiegel. Auch schön, wieder mal abends wegzugehen. Jonas sah sie überhaupt nur noch in Arbeitsoverall, Jogginganzug oder bestenfalls in Jeans und Pulli.

Jetzt saß er mit Livia vor dem Fernseher und die beiden sahen sich eine Sendung über Haie an.

Luzy war mit ihrem Großvater in der Garage und

half ihm beim Schleifen der Schlittschuhe – der Teich war endlich zugefroren und die Mädels konnten es nicht erwarten, aufs Eis zu gehen.

Letti ging hinunter ins Erdgeschoss und warf einen Blick ins Wohnzimmer. Jonas hockte auf dem Teppich, den Rücken ans Sofa gelehnt, auf dem Livia bäuchlings lag. Auf ihren Beinen wiederum hatte Kater Max es sich gemütlich gemacht. Alle drei starrten wie hypnotisiert auf den Bildschirm, über den gerade ein großer Weißer Hai schoss – Livia und Jonas wie immer fasziniert von allem, was mit wilden Tieren und besonders dem Leben im Ozean zu tun hatte – Max mehr mit dem gastronomischen Wohlwollen, das er auch Christian Payers geräucherten Bachsaiblingen entgegenbrachte. Ob Livia tatsächlich auch Biologie studieren würde, wie ihr Vater? Sie hatte das jetzt schon ein paar Mal sehr entschlossen erklärt. Na ja, für diese Entscheidung blieb ja noch viel Zeit. Apropos Zeit. Ein Blick auf die Küchenuhr sagte Letti, dass noch eine halbe Stunde blieb, bis sie und Jonas fahren sollten, um ihren Tisch nicht zu verlieren. Sie beschloss also, Mann und Tochter nicht zu stören und in der Küche noch ein paar Minuten in Ruhe Zeitung zu lesen. Im Sitzen, wohlgemerkt, denn ihre High Heels brachten sie jetzt schon um. Wie das Kleid wohl mit Turnschuhen aussähe? Sie grinste bei der Vorstellung, ließ sich mit einem Seufzer der Erleichterung auf der Küchenbank nieder und schlüpfte aus den Schuhen. In diesem Moment klingelte es an der Tür. Letti stöhnte genervt auf. Sie wartete eine Minute, in der Hoffnung, der abendliche Besucher würde einfach von selber weggehen oder jemand anderer würde aufmachen. Aber Oma Rosmarie war bei der monatlichen Pokerrunde mit ihren Freundinnen, und damit Livia und Jonas wieder aus ihrer Wasserwelt fänden, müsste schon mehr passieren als ein simples Klingeln.

Mit einem weiteren selbstmitleidigen Stöhnen schlüpfte Letti wieder in ihre Schuhe. »Ich geh schon«, maulte sie auf dem Weg zur Tür, als könnte irgendjemand sie hören. »Und es macht auch gar nichts. Es wären zwar die ersten fünf Minuten gewesen, die ich heute für mich gehabt hätte, aber lasst euch nicht aus der Ruhe bringen, alles kein Problem.« Sie sah durch das Guckloch und öffnete erstaunt die Tür. »Herr Kehlmann! Das ist ja eine Überraschung!«

Der Regisseur sah sie verblüfft an und für einen Augenblick zweifelte Letti, ob er sie wiedererkannte. Sie konnte ihm deshalb keinen Vorwurf machen: Beim letzten Mal hatte ihr Outfit schließlich aus Arbeitsoverall, Kopftuch und Dreck bestanden, und ungeschminkt war sie auch gewesen.

»Die ist ganz auf meiner Seite«, sagte Kehlmann.

»Wir gehen essen.« Letti sagte es beinahe entschuldigend.

Der Regisseur schenkte ihr einen bewundernden Blick. »Sie sehen umwerfend aus, Frau Hartmann.« Irgendwie war es schon schmeichelhaft, solche Worte von einem Mann zu hören, der ständig von bildschönen Promis und Superstars wie Sophie Arendt umgeben war.

»Vielen Dank«, sagte Letti. »Aber Sie sind bestimmt nicht extra von Fanning durch den Schnee hierhergefahren, um mir das zu sagen, oder?«

»Bin ich nicht, obwohl das ein verdammt guter Grund wäre.« Kehlmanns stahlblaue Augen hielten ihren Blick. Der Mann hatte dieses Talent, seine Aufmerksamkeit voll und ganz auf eine Person zu richten und ihr das Gefühl zu geben, sie sei die wichtigste auf der Welt. Sicher eine gute Eigenschaft für einen Regisseur, dachte Letti. Und verdammt gefährlich für die Frau, mit der er zu flirten beginnt. Oder von der er sonst etwas will. Die Sendung, die Livia und Jonas gerade sahen, kam ihr in den Sinn. Er ist ein Hai, dachte sie, und sagte laut: »Wollen Sie nicht reinkommen und mir drinnen weiter Komplimente machen?«

Sie bot ihrem Überraschungsgast ein Glas Wein an, dann saßen die beiden einander am Küchentisch gegenüber und Letti sah Kehlmann erwartungsvoll an.

»Sie haben eine ganz besondere Ausstrahlung, Frau Hartmann – oder darf ich Letti sagen?«

»Sie dürfen«, meinte Letti, »aber das mit den Komplimenten hab ich nicht so wörtlich gemeint.«

Kehlmann lachte. »Bildhübsch, intelligent, schlagfertig. Ihre Tochter ist da genauso wie sie. Und genau wie Aurora.«

»Aurora?«, fragte Letti verwirrt. »Ich dachte, sie spielt Therese.«

»Gerade das wollte ich mit Ihnen besprechen«, meinte Kehlmann. »Ich finde, sie passt vom Temperament her viel besser zur Rolle der Aurora. Ich denke also über eine Umbesetzung nach.«

»Aber die Aurora ... das ist doch ... Sophies Rolle ... beziehungsweise Beas! Und es ist doch bestimmt auch ... die größere Rolle, oder?«

Kehlmann lächelte. »Die Rolle ist etwas umfangreicher, das ist richtig. Das ist einer der Gründe, warum ich Sie vorher fragen wollte. Luzy würde wahrscheinlich zwei, drei Tage mehr in der Schule versäumen.«

»Oh, *das* ist nicht so das Problem«, meinte Letti. »Luzy hat bessere Noten als Bea, soviel ich weiß. Aber haben Sie sich überlegt, was das für Bea bedeutet?«

Der Regisseur zuckte mit den Achseln. »Beatrice ist ein begabtes Mädchen«, sagte er. »Aber was Luzy ausstrahlt …« Er lächelte Letti zu und deutete eine kleine Verbeugung an. »Ebenso wie Sie, Letti … Das ist dieses Temperament, diese Feurigkeit, diese unglaubliche Lebendigkeit und Lust aufs Leben! Und genau so sehe ich Aurora. Das ist es, was die Figur ausmacht. Die Besetzung ist meine Sache und ich mache es so, wie es für den Film am besten ist. Wenn Bea in dem Beruf bleiben will, muss sie solche Entscheidungen akzeptieren.«

Letti war sprachlos. Ob es in Kehlmanns Leben wohl auch Menschen gab, die nicht taten, was er wollte?

»Ich verstehe«, sagte Letti langsam und lächelte zurück. »Und Sie sind auch wirklich sehr überzeugend. Aber wäre es nicht verrückt, Mutter und Tochter *nicht* beide die Aurora spielen zu lassen, wo sie sich doch so ähnlich sehen?«

Der Regisseur zuckte mit den Schultern. »Aurora und Therese haben einander auch ähnlich gesehen. Nach den wenigen Bildern, die es gibt, hatten beide helles Haar, Auroras war lockig, Thereses glatt. Sophies Haare müssen also sowieso gekringelt werden. Aber das bringt mich gleich zu meiner nächsten Frage: Wären Sie damit einverstanden, dass wir Luzys Haare blond färben? Wir könnten natürlich auch versuchen, mit einer Perücke zu arbeiten, aber …«

Letti sah den Regisseur ungläubig an. Dann schlug sie mit der Hand auf den Tisch. »Nur über meine mausetote Leiche!«, rief sie. »Und unterstehen Sie sich, Luzy drauf anzusprechen! Nein, nein, und nochmals nein!«

Bert Kehlmann war einen Moment sprachlos, was ihm sicher nicht häufig passierte. Dann lachte er laut auf. »Und jetzt weiß ich auch, wo Luzy ihren Sinn für Dramatik herhat!« Er schob seinen Stuhl zurück und stand auf. »Tut mir leid, dass ich Sie so spät noch gestört habe. Ich wünsche noch einen schönen Abend. Und danke für den Wein.«

»Keine Ursache«, sagte Letti etwas verwirrt und folgte ihrem Gast zur Haustür. »Aber was haben Sie jetzt vor? Belassen Sie es doch bei der alten Besetzung?«

»Wir werden für alles eine Lösung finden«, meinte der Regisseur vage. »Und richten Sie Ihrem Mann bitte aus, er ist zu beneiden. Auf Wiedersehen, Letti.«

Die Tür schloss sich hinter dem späten Gast, aber Letti blieb noch einen Augenblick nachdenklich stehen. Was, wenn der Regisseur jetzt beschloss, Luzy von der Besetzungsliste zu streichen? Sie wollte gar nicht daran denken, wie ihre Tochter darauf reagieren würde. War sie zu vorschnell gewesen? Hätte sie vorher mit Luzy reden sollen?

»Ich weiß selber, dass ich zu beneiden bin«, kam

Jonas' Stimme von der Küchentür. »Flirtet der Typ etwa mit dir?«

»Möglich«, grinste Letti. »Aber ich nicht mit ihm.«

»Ja, der Ärmste. Aber warum solltest du auch?« Er fuhr Letti durch den wuscheligen Rotschopf und küsste sie. »Du hast ja mich.«

Die Tür sprang erneut auf und Luzy stürmte herein, gefolgt von ihrem Großvater. »Ihr seid zu alt zum Knutschen«, erklärte sie ihren Eltern. »Wisst ihr das nicht?«

Dann war sie über die Treppe nach oben verschwunden.

»Sie ist genau wie du. Blitzgescheit, bildhübsch … und verdammt frech«, erklärte Opa Franz grinsend.

»Da hat er recht«, meinte Jonas. »Können wir gehen? Ich habe einen Riesenhunger.«

Wenige Minuten später saßen die Hartmanns im Auto, Letti hinter dem Steuer, wie meistens, aber ungewohnt schweigsam. »Woran denkst du?«, fragte Jonas.

»Angenommen, ich wollte mir die Haare blond färben«, sagte Letti, »was würdest du dazu sagen?«

Einen Augenblick lang sah Jonas sie fassungslos an. »Bist du verrückt geworden?«, fragte er schließlich. »Nur über meine Leiche!«

»Richtige Antwort«, meinte Letti zufrieden. »Und übrigens brauchst du auch keinen Ohrring.«

Jedem seine Rolle

»Hat er angerufen?« Es war Freitag und die ganze Woche über war das Luzys erste Frage gewesen, kaum dass sie von der Schule nach Hause kam.

»Nein, noch immer nicht«, antwortete Letti bedauernd.

»Aber ich versteh das nicht«, jammerte Luzy. »Es muss doch bald losgehen! Phil hatte schon eine Kostümprobe!«

Letti sagte gar nichts, sondern faltete nur eine Papierserviette mit etwas mehr Aufmerksamkeit, als dafür unbedingt notwendig gewesen wäre. »Du schaust so komisch!«, meinte Luzy misstrauisch. »Weißt du was, was ich nicht weiß?«

»Nein«, sagte Letti. »Ich meine: Ja. Vielleicht. Ich weiß nur, dass sich die Dinge beim Film sehr schnell ändern können. Heute ist etwas vielleicht noch fix und morgen schon wieder ganz anders …«

»Du vergisst gerade, dass ich *nicht* das superintelligente Kind bin«, erklärte Luzy grimmig. »Mir muss man alles in Großbuchstaben sagen, damit ich weiß, was los ist, also ...«

In diesem Augenblick erklang der Hannah-Montana-Klingelton von Luzys Handy. »Das ist er!«, jubelte sie nach einem Blick aufs Display, ließ Miley Cyrus noch einen Moment weitersingen und hob dann ab. »Management von Luzia Hartmann«, erklärte sie würdevoll. »Wen darf ich melden?«

»Luzy ...«, begann Letti noch schnell, »egal, was er sagt, denk dran, dass du es nicht persönlich nehmen ...«

Aber Luzy hob gebieterisch die Hand, um ihre Mutter zum Schweigen zu bringen, und ging aus der Küche, um in Ruhe zu telefonieren.

Als sie Minuten später wiederkam, warf sie Letti einen langen, todernsten Blick zu. »Du hast es also gewusst«, sagte sie.

»Luzy, es tut mir leid, wirklich«, beteuerte Letti hastig, »aber er hat sich so unklar ausgedrückt, ich wusste wirklich nicht genau, was jetzt passieren wird! Du bist jetzt doch nicht sauer auf mich, oder? Ich hab eben gehofft ...«

Luzy funkelte sie an. »Sauer?«, donnerte sie und sprang auf. Im nächsten Moment hatte sie die Arme um ihre erschrockene Mutter geschlungen und hüpfte gleichzeitig so heftig auf und ab, dass Letti beinahe das Gleichgewicht verlor. »Ich bin Aurora, Aurora, *Aurora*! Wieso soll ich deswegen wohl sauer sein? Ich bin Aurora! Jippieeeeeeeeeeeeeee!« Sie ließ Letti los und rannte aus der Küche. »Ich muss es gleich allen sagen …!«

»Aber du hast doch rote Haare und Sophie ist blond!«, rief Letti ihrer Tochter nach, als sie sich von dem Schreck erholt hatte.

»No problem«, brüllte Luzy von draußen zurück. »Wir sind beim Film, Mama! Livia, Oma, Opa, *ich bin Aurora*!«

»Ich geh da nicht hinein!«

»Und *ob* du da hineingehst!«

Es war Montagmorgen und Livia und Luzy waren gerade auf ihrem kurzen Schulweg, noch eine Ecke von der Eingangsfront des Schlosses entfernt, als sie Beas und Sophies Stimmen hörten.

Die Geschwister lugten vorsichtig um die Ecke. Vor dem Eingangstor zur Schule stand Sophie Arendts racinggrüne Limousine, ihr fahrbarer Untersatz für den Winter. Beide Türen waren offen und Sophie stand mit verschränkten Armen vor der Beifahrerseite und sah auf ihre Tochter hinunter, die in genau derselben Position trotzig drinnen saß.

»Beatrice Arendt! Ich hab in fünfzehn Minuten einen Termin mit der Maskenbildnerin! Raus jetzt aus dem Auto!«

»Freiwillig bestimmt nicht. Kannst es ja mit Gewalt versuchen!«

Sophie war an diesem Montagmorgen ungewohnt leger unterwegs, in Daunenjacke, Jogginganzug und blendend weißen Sneakers, die Haare zum Pferdeschwanz gebunden und ungeschminkt – oder zumindest beinahe. »Keine schlechte Idee!«, sagte sie jetzt, beugte sich vor und löste den Sicherheitsgurt ihrer Tochter. Dann schnappte sie sie bei den Oberarmen, zerrte sie mit einem kräftigen Ruck aus dem Auto und schlug die Wagentür zu. Bea rüttelte sofort wieder an der Schnalle, doch vergeblich: Ihre Mutter hatte den Wagen mit der Fernbedienung versperrt.

»Ab in die Schule«, sagte Sophie. »Und zwar plötzlich.«

»Das ist Kindesmisshandlung!«, brüllte Bea wütend und stampfte mit dem Fuß auf. »Ich hasse dich, ich hasse dich, ich hasse dich!«

»Schon gut, Dramaqueen«, meinte Sophie gelassen. »Heb dir das für die Probe auf.« Sie ging ums Auto herum und stieg ein, versperrte aber sofort wieder die Türen. Dann ließ sie das Fenster herab und bugsierte den Schulrucksack ihrer Tochter auf diesem Weg hinaus. Wütend trat Bea mit aller Kraft dagegen. »Ich hasse dich!«, brüllte sie noch einmal.

»Ja ja, das sagtest du schon.« Sophie schienen solche Ausbrüche nicht neu zu sein. »Der Mann, der dich mal abkriegt, tut mir jetzt schon leid!«

»Wenn ich nach dir gerate, hab ich sowieso keinen! Wenigstens nicht länger als zwei Monate!«

»Ich liebe dich auch, mein Schatz!« Sophie winkte aus dem Fenster und wendete den Wagen. »Und lern schön!«

»Wow«, sagte Luzy auf ihrem Beobachtungsposten, schwer beeindruckt. »Also von Bea kann ich echt noch was lernen.« Gerade fuhr ein Wagen mit dem Werbeschriftzug *Boutique JENNY* auf den Parkplatz ein, und noch bevor er zum Stehen kam, öffnete sich eine Tür und Jenny sprang heraus. Sie stürzte erst auf Bea zu, aber als sie deren wütenden Gesichtsausdruck wahrnahm, schien sie es für besser zu halten, ihrer Freundin vorerst noch nicht zu nahe zu kommen, und begnügte sich damit, die Bücher aufzusammeln, die überall im Schneematsch verteilt lagen. Der große Bogen, den die Zwillinge um beide machten, war offenbar nicht groß genug. »Ach nein, Luzy Hartmann, einmal nicht zu spät!«, tönte es erbost. »Kannst es wohl nicht erwarten, allen von deinem großen Triumph zu erzählen!«

»Entspann dich, Bea«, sagte Luzy. »Erstens ist es kein Triumph und zweitens …«

»Verdammt richtig, dass es kein Triumph ist! Du

kriegst die Rolle nämlich nur, weil meine Mutter mit Bert Kehlmann Schluss gemacht hat, dass du's weißt! Er will's ihr bloß heimzahlen!«

»Wenn du das sagst«, meinte Luzy einsichtig. »Aber eins versteh ich nicht: Wenn er's ihr heimzahlen will, warum nimmt er dann nicht *ihr* die Rolle weg?«

Bea kochte vor Wut, und dass sie auf diese Frage keine Antwort hatte, machte sie bloß noch wütender. »Du, bilde dir bloß nichts ein!«, brüllte sie. »Ich habe schon in Filmen mitgespielt, da hast du noch in die Windeln gemacht!«

»Wenn das so ist«, erklärte Luzy gelassen, »bist du aber verdammt klein für dein Alter.«

»Lass sie in Ruhe!«, zischte Jenny jetzt. »Siehst du nicht, dass sie voll gestresst ist?«

»Ja, lass sie«, meinte auch Livia. »Sie wird sich schon wieder beruhigen.«

»Er wird schon sehen, was er davon hat«, rief Bea ihnen hinterher, als sie sich jetzt abwandten und die Treppen zum Tor hinaufgingen. »Du wirst ihm den ganzen Film versauen!«

»Das hättest du wohl gerne!«, rief Luzy über die Schulter zurück.

»Er wird mich noch auf Knien anflehen, die Rolle zurückzunehmen!«

Luzy wollte sich umdrehen und noch etwas darauf sagen, aber Livia zog sie weiter.

»Du *kannst* überhaupt nicht schauspielern!«, brüllte Bea draußen, so laut sie konnte. »Du weißt es bloß noch nicht!«

»Also, Bea redet ja viel Blödsinn«, sagte Luzy, als sie außer Hörweite waren. »Aber *der* Gedanke ist mir ehrlich gesagt auch schon gekommen.«

»Tatsächlich?«, fragte Livia verblüfft.

»Na ja, die Simsalabine nachzumachen, so wie es mir grade einfällt, ist eine Sache – aber einen vorgegebenen Text sprechen, sodass es echt klingt … das ist doch ganz was anderes!«

»Aber der Regisseur weiß doch bestimmt, was er tut!«, meinte Livia ermutigend. »Du wirst das sicher großartig machen!«

»Auch wieder wahr«, erklärte Luzy fröhlich. »Ich werde das sicher großartig machen!« Sie warf ihre Mütze in die Luft und schüttelte die roten Kringel. »Autogrammstunde in der großen Pause, Leute!«, rief sie und genoss es sichtlich, dass alle auf dem Gang sich nach ihr umdrehten. »Anmeldungen werden ab sofort entgegengenommen!«

Livia grinste. Ein Glück, dass sich Luzy von den Selbstzweifeln nicht unterkriegen ließ.

In der Zehn-Uhr-Pause standen Luzy und Livia gerade mit Anja zusammen, die von Semmels Schwangerschaftsgymnastik auf dem Meerschweinchenabenteuerspielplatz berichtete, den Opa Mayer gebastelt hatte, als Paulina und Anett sich zu ihnen durchdrängten. Die beiden waren eigentlich eingeschworene Mitglieder in Beas Fanklub, also sah Livia ihnen etwas misstrauisch entgegen.

»Hey, Luzy«, sagte Paulina etwas verlegen.

»Und Livia und Anja«, fügte Anett schnell hinzu. Ganz offensichtlich kamen sie in friedlicher Absicht und Livia entspannte sich.

»Hey, Mädels«, antwortete Luzy mit einem breiten Grinsen. »Ihr seid doch nicht etwa wegen der angekündigten Autogrammstunde hier, oder? Mein Manager hat mir nämlich geraten, sie zu verschieben.«

»Ähm, nein«, meinte Anett und sah sich vorsichtig nach allen Seiten um. »Obwohl, um ein Autogramm geht es schon. Wir wollten dich nämlich fragen, ob du uns vielleicht eines von Jason Mercks organisieren könntest. Wir hätten ja Bea drum gebeten, aber die ist so mies drauf ...«

Jason Mercks spielte den erwachsenen Adrian, also das ältere Pendant von Phils Rolle. Er war erst unlängst mit einem Abenteuerfilm bekannt geworden und seitdem Dauergast in jedem *Mädchen*- und *Bravo*-Heft. »Klar doch«, sagte Luzy nun großmütig. »Aber ihr seid doch ohnehin auch als Statistinnen dabei, oder? Dann kann ich euch ja bekannt machen.«

»Ehrlich?« Die beiden konnten ihr Glück kaum fassen. »Das würdest du tun?«

»No problem«, meinte Luzy. Sie hatte diesen Jason zwar natürlich noch nie getroffen, aber hey, er würde doch einer Kollegin sicher nichts abschlagen, oder?

Anett sah sich erneut um und bemerkte, dass Bea und Jenny genau auf ihr kleines Grüppchen zusteuerten. »Also dann«, sagte sie hastig. »Das wär echt super von dir. Danke.«

»Ja, danke«, sagte auch Paulina, und weg waren die beiden.

»Hast du schon mal gehört, welcher berühmte Filmstar auf einem Bauernhof aufgewachsen ist?«, fragte Bea scheinbar zufällig Jenny, als sie an den Zwillingen und Anja vorbeigingen. »Mit Ziegen und Hühnern und all so was?«

»Nein«, sagte Jenny mit großen Augen. »Welcher denn?«

»Keiner natürlich, Dummerle. Ein Landei taugt nun mal nicht zum Superstar.«

»Meint sie etwa mich?«, fragte Anja verblüfft, als die zwei weitergezogen waren.

»Aber nein«, erklärte Luzy. »Mich natürlich. Sie könnte sich endlich mal merken, dass Milly und Molly Schafe sind und keine Ziegen.«

Bea schien die Bemerkung gehört zu haben, denn sie sah sich um und warf Luzy einen eisigen Blick zu.

»Brrr«, sagte Anja schaudernd. »Da kriegt man ja Angst. Bin ich froh, dass wir nicht mehr zusammenwohnen, wo Semmel doch so sensibel ist.«

»Du bist gut. Machst dir Sorgen um das Meerschweinchen.« Luzy sah Anja mit vorwurfsvollem Dackelblick an. »Und was ist mit mir? Ich muss sie nicht nur aus nächster Nähe ertragen, ich muss auch noch ihre liebende Schwester spielen!«

»Ja, und *die* Rolle liegt dir echt nicht besonders«, warf Livia grinsend ein. »Am besten übst du das noch ein bisschen an mir!«

»Gute Idee«, erklärte Anja. »Dann dürft ihr Semmel und mich auch wieder gemeinsam besuchen.« Sie hatte nur noch Einzel-Audienzen an Luzy und Livia vergeben, um die negativen Schwingungen der ewig streitenden Zwillinge von dem schwangeren Meerschwein fernzuhalten. »Wie wär's mit heute Nachmittag? Meine Schwester hat Fotos geschickt. Dann kann ich euch endlich meine ganze Familie zeigen.«

»Klar, wir kommen«, sagte Luzy sofort. »Aber nur, wenn du nicht wieder dieses schreckliche Gedudel auflegst ...«

»Ja, chinesische Glücksharfe mit indischer Harmonieflöte, oder was das war ...«, fügte Livia hinzu. »Damit hat sie mich auch gequält.«

»Das ist Entspannungsmusik für Semmel«, protestierte Anja. »Sie braucht das!«

»Ganz sicher nicht«, erklärte Luzy. »Das braucht keiner.«

Livia schüttelte den Kopf. »Semmel hat sich bei den ersten Tönen in ihr Häuschen verzogen!«

»Wahrscheinlich zum Meditieren!«, meinte Luzy kichernd.

»Oder um sich Heu in die Ohren zu stopfen, ohne dass Anja was merkt!« Nun prusteten beide. Es läutete zur dritten Stunde und die Zwillinge gingen zurück zu ihren Plätzen, Anja hinter ihnen her. »Ich glaube, ich mag es nicht besonders, wenn ihr liebende Schwestern seid«, grummelte sie.

»Sag mal, Oma – was denkst du, warum sie weggelaufen ist?«

»Aber sie ist nicht weggelaufen, sie hat sich nur *ver*laufen!« Liebevoll drückte Rosmarie Mayer Hetty, das Huhn an sich. Hetty war nicht mehr die Jüngste und fiel bei lauten Geräuschen leicht in Ohnmacht. Wenn sie aufwachte, war sie oft so verwirrt, dass sie einfach losmarschierte oder -flatterte. Diesmal hatte sie es fast die ganze Schlosszufahrt hinunter geschafft, bevor Luzy und ihre Großmutter sie einfangen konnten. »Ich hab deinem Großvater schon tausendmal gesagt, dass er Hetty in den Hühnerstall sperren muss, wenn er in der Garage bastelt. Man weiß nie, ob er nicht wieder irgendwas mit Karacho in die Luft jagt.«

»Ich mein doch nicht Hetty! Ich meine Aurora! Aurora von Theurenbach!«

»Oh«, meinte Oma Rosmarie lächelnd. »Aurora. Du recherchierst wohl wegen deiner Rolle!«

»Das gehört dazu, wenn man Schauspieler ist«, erklärte Luzy würdevoll. »Ich muss mich ja schließlich in sie hineinversetzen können!«

»Na ja. Stell dir vor, du bist sechzehn und sollst einen älteren Mann heiraten, den du kaum kennst.«

»Brrrr.« Luzy schüttelte sich. »Ja, das wär eigentlich Grund genug, davonzulaufen. Aber war das nicht damals üblich? Und Auroras Schwester hat sich doch auch damit abgefunden!«

»Ja, Therese war offenbar vom Temperament her ganz anders. Und sie war fast achtzehn, als sie verheiratet wurde, also etwas älter als ihre Schwester. Sie war bestimmt nicht verliebt in ihren Mann, aber zumindest war er ihr nicht unsympathisch, soweit man aus den Briefen herauslesen kann. Die Ehe scheint sogar recht glücklich gewesen zu sein.«

»Na toll.« Luzy verzog das Gesicht. »Ich bin voll glücklich«, flötete sie. »Mein Mann ist mir nicht direkt unsympathisch!«

Oma Rosmarie lachte. »Das waren eben andere Zeiten und Therese war angepasst. Sie wollte Kinder, eine Familie, versorgt sein. Sie wollte es ihrem Vater recht machen. Aber Aurora war für das Eheleben einfach nicht geschaffen. Sie wollte für ihre große Leidenschaft leben, nicht für einen Ehemann.«

Luzys Augen wurden groß und rund. »Also hatte sie doch einen Geliebten? Einen Adrian wie im Drehbuch?«

Oma Rosmarie lachte. »Es gibt auch noch eine andere Art von Leidenschaft als die, auf die sich die Filmindustrie konzentriert«, meinte sie lächelnd. »Aurora wollte studieren. Sie wollte sich mit Physik, Astronomie und Mathematik beschäftigen, *das* war ihre Leidenschaft. Als sie damals verschwand, nahm sie nichts mit außer einer Kiste voll mit ihren geliebten Büchern.«

Luzy verdrehte die Augen. »Physik und Astronomie? Kein Wunder, dass sich die Drehbuchautoren was anderes einfallen lassen mussten.«

Ihre Großmutter lächelte wieder. »Wer weiß, wie du darüber denken würdest, wenn du nicht in die Schule gehen *dürftest*! Aurora jedenfalls war gierig nach Wissen. Sie saugte alles auf wie ein Schwamm, wusste bald mehr als ihre Hauslehrer, besorgte sich heimlich wissenschaftliche Bücher …«

»Wieso denn heimlich?«

»Damals wurde Mädchen aus besseren Kreisen Sticken und Klavierspielen beigebracht, ein wenig Französisch für die Konversation und vielleicht noch Aquarellmalen. Aber Wissenschaft und Literatur waren weitgehend Männersache. Mitte des neunzehnten Jahrhunderts waren ja auch noch keine Frauen an den Universitäten zugelassen.«

Die beiden waren am Hühnerstall angelangt, Luzy öffnete die Tür und ihre Oma Rosmarie setzte Hetty, das Huhn, vorsichtig auf einer Stange ab.

»Sie war also eine Intelligenzbestie. So wie Livia.«

»Und kreativ und willensstark«, meinte Oma Rosmarie und zwinkerte ihrer Enkelin zu.

Luzy grinste. »So wie ich, meinst du. Aber warum war der Vater der beiden bloß so ein Fiesling?«

»Er wollte bestimmt nur das Beste für seine Töchter. Die Mutter war sehr früh gestorben und Aurora hat sich ständig gegen ihn aufgelehnt, war schwierig und ungehorsam. Er dachte wahrscheinlich, man müsse sie zu ihrem Glück zwingen.«

»Was denkst du, wo sie hinverschwunden ist?«

Oma Rosmarie zuckte mit den Schultern. »Vielleicht ins Ausland, wer weiß. Jemand hat ihr vermutlich geholfen, ich kann mir nicht vorstellen, wie sie die Flucht allein bewerkstelligt haben soll.«

»Die beiden Schwestern sind wohl berühmt hier in der Gegend«, stellte Luzy fest. »Oder wie kommt das, dass du so viel über sie weißt?«

Ihre Großmutter lächelte. »Als dein Opa Franz damals im Museum auf die Briefe gestoßen ist, und mir davon erzählt hat, bin ich auch neugierig geworden und hab begonnen, nachzuforschen. Ich wollte zu gern wissen, was aus Aurora geworden ist.«

»Das würde ich auch zu gern wissen«, meinte Luzy nachdenklich.

»Das macht dann schon drei von uns.«

»Drei?«, fragte Luzy verwundert. »Warum denn drei?«

»Weil Livia mir gestern fast genau dieselben Fragen gestellt hat wie du.«

Livia war wieder mal auf Kröten-Beobachtungsposten. Sie hatte sich gerade erst von einem Riesenschreck erholt: Als sie reingekommen war, um nach Helena zu sehen, war die Kröte verschwunden gewesen. Livia hatte schon panisch unter dem Schrank und in allen Ecken gesucht, als sie endlich merkte, dass die Kröte mitten in ihrem Terrarium saß, nur an einem anderen Fleck als sonst, und sie unverwandt aus ihren Augen mit den elliptischen Pupillen und der rot-goldenen Iris anstarrte. Ihr Körper war von feuchten Blättern bedeckt und sie hob sich wirklich kaum von ihrer Umgebung ab – dennoch konnte Livia es nicht fassen, dass sie sie einfach nicht gesehen hatte, obwohl sie die ganze Zeit hier gewesen war, genau vor ihren Augen. Jetzt, wo sie sie entdeckt hatte, konnte sie sich nicht mehr vorstellen, zuvor einfach an ihr vorbeigeschaut zu haben. Verrückt.

Helenas Bein war gut verheilt und Jonas und Oma Rosmarie waren sich einig, dass man sie nun zum Überwintern in den Keller transportieren konnte. Ein großer Eimer war schon vorbereitet, ausgepolstert mit Erde, feuchtem Laub und Moos, das Livia während der ganzen Winterruhephase feucht halten würde. Ein altes Ballnetz würden sie darüberstülpen, damit Helena nicht herauskonnte, und im Frühjahr würden sie sie am Schulbiotop auswildern. Livia war überzeugt, dass der Kröte nie wieder etwas passieren würde. »Immerhin hast du inzwischen gelernt, dich unsichtbar zu machen, stimmt's, Helena?« Genau wie Aurora von Theurenbach, dachte sie bei sich. Die ist auch plötzlich weg gewesen. Und dabei können junge Mädchen sich genauso wenig in Luft auflösen wie Kröten. Therese hatte nach ihr suchen lassen, im In- und Ausland, an jedem Ort, der ihr eingefallen war – genau, wie Livia vorhin den ganzen Zoo abgesucht hatte. Dabei hätte sie nur beim ersten Mal richtig hinsehen müssen.

»Schatz, der Schlafsack liegt noch im Vorzimmer! Wärst du so lieb?« Jonas Hartmann stand inmitten seines Gepäcks vor dem geöffneten Kofferraum seines Vans. Keine Antwort von Letti. Gerade hatte er doch den roten Lockenkopf seiner Frau in der Eingangstür gesehen. Oder nicht? Na ja. Dann würde er den Schlafsack eben selber holen. Aber erst mal die große Reisetasche in den Wagen, die wird sonst noch nass. Und die Fotoausrüstung. Und den Laptop. Den Taucheranzug auch gleich, wo er schon dabei war, und die Sauerstoffflaschen …

»Den hier?«

Jonas drehte sich um und nahm geistesabwesend den rot-blauen, zu einer festen Rolle gepackten Schlafsack.

»Ja, danke. Ich bin dann … Himmel!« Vor Überraschung ließ er den Schlafsack in den Schnee fallen und starrte fassungslos auf das Gesicht, das dahinter aufgetaucht war. Ein Kopf voll roter Korkenzieherlocken, aber die Augen waren blau und nicht grün und das Lachen, das immer breiter wurde, war eindeutig nicht Lettis, sondern …

»Sophie! Einen Augenblick hab ich gedacht, ich bin in einem Horrorfilm. *Die Körperfresser kommen* oder so.«

»Meine Wirkung auf Männer ist auch nicht mehr das, was sie mal war«, erklärte Sophie mit einem Lächeln.

Jonas lief hochrot an, was ihr wiederum sichtlich Vergnügen bereitete. »Nein, so hab ich das nicht gemeint. Sie sehen sehr hübsch aus, wirklich, etwas ungewohnt vielleicht …«

»Jetzt sagen Sie bloß, Rothaarige wären nicht Ihr Typ!«

»Schon, Sie haben mich bloß etwas aus der Fassung gebracht und …«

»Na, immerhin etwas«, unterbrach Sophie ihn mit ihrem berühmten Zahnpastalächeln. »Dann kann ich mir mit der Schönheitschirurgie noch etwas Zeit lassen.«

Jonas hob den Schlafsack auf und wischte den Schnee ab, bevor er ihn ins Auto warf. Verlegen sah er Sophie an. Ihre Haare sahen echt genauso aus wie die von Letti und Luzy.

Jetzt lachte sie wieder. »Sie müssten darauf eigentlich etwas Charmantes sagen wie: ›Die Schönheitschirurgie wird an Ihnen bestimmt nichts verdienen, Teuerste‹.«

Jonas errötete wieder. »Die Schönheitschirurgie wird an Ihnen bestimmt nichts verdienen, Teuerste.«

Erneut lachte Sophie auf. Wenn man ganz genau hinsah, waren ihre Korkenzieherlocken zu regelmäßig, um echt zu sein. Es fehlte ihnen diese chaotische, wirbelige Lebendigkeit wie bei Letti und Luzy. »Ich musste sowieso nach Löwenthal fahren, um mit meiner ungebärdigen Tochter ein Wörtchen zu reden. Und deshalb habe ich angeboten, Luzy das Skript mitzubringen.« Sie drückte Jonas einen Packen bedruckter A4-Blätter in einer Aktenhülle in die Hand. »Ihr Text ist grün markiert. Würden Sie ihn ihr geben?«

»Na klar. Mach ich. Vielen Dank.«

»Sie verreisen also wieder? Die arme Letti.«

Jonas zuckte mit den Schultern. »Mein Beruf bringt das eben mit sich. Hätten wir keine Kinder, wäre ich der Ehemann einer Rennfahrerin. Dann würden *mich* alle bemitleiden.«

»Ja, aber zum Glück hat sie ja auf ihre Karriere verzichtet. Allzu viel hat sich wohl doch nicht verändert seit dem neunzehnten Jahrhundert. Gute Reise, Jonas.«

Und damit drehte sie sich um und ging in Richtung Schloss. Jonas sah ihr nach, wie sie mit wippenden Löckchen dem schmalen, verschneiten Weg an der Hausmauer folgte. Er hatte immer ein schlechtes Gewissen, wenn er Letti mit den Kindern alleinließ. Aber irgendwie hatte Sophie es geschafft, dass er sich jetzt noch mieser fühlte als sonst, vor allem, weil er eigentlich nach der Rückkehr von seiner letzten Reise versprochen hatte, bis Weihnachten zu Hause zu bleiben – und nun war diese Studie dazwischengekommen.

Unterdrücktes Gelächter riss ihn aus seinen Betrachtungen. Letti lehnte sich aus dem Küchenfenster und verfolgte ebenfalls Sophie mit ihren Blicken.

»Lachst du etwa mich aus?«, fragte Jonas beleidigt.

»Du meinst, weil du dich von Sophie immer so schön aus der Fassung bringen lässt? Das wär zwar auch ein guter Grund, aber nein, ich lache, weil sie sich die Haare färben lassen musste. Und zwar *meinetwegen*. Das find ich echt zum Brüllen.« Letti prustete erneut los. »Ich kann's kaum erwarten, das Luzy zu erzählen.«

»Also, ich bring jetzt noch mit Livia unsere Kröte in den Keller«, sagte Jonas, »und dann fahr ich.«

»Nein!«, rief Letti mit bebender Stimme. »Nein, bleib! Das kannst du mir nicht antun!« Schluchzend vergrub sie ihr Gesicht in den Händen.

Einen Augenblick lang starrte Jonas sie entsetzt an, bevor er kapierte. »Ja, ja«, knurrte er. »Mit mir kann man's ja machen. Und übrigens weiß ich jetzt auch, wo Luzy ihr Schauspieltalent herhat.«

Eine halbe Minute später kam Letti zur Haustüre herausgelaufen und fiel Jonas so heftig um den Hals, dass er beinahe das Gleichgewicht verlor. »Sophie hat keine Ahnung von uns«, sagte sie. »Wenn ich Rennen fahren wollte, dann würde ich Rennen fahren. Und wenn ich es nicht ertragen könnte, dass du fortfährst, dann würde ich es sagen. O.k.?«

»O.k.«, sagte Jonas und fuhr ihr durch die wilde Lockenmähne. »Aber vielleicht halt *ich*'s ja eines Tages nicht mehr aus, von euch getrennt zu sein.«

»Aurora ist nicht dein Eigentum, du Pseudostar!«, tönte es von drinnen.

»Aber sie ist *meine* Rolle, du kannst ja Therese erforschen, die langweilige Schwester!«

»Ach ja? Du meinst wohl, das passt besser zu mir, wie?«

»Wiederum andererseits ...«, meinte Jonas und beide lachten.

»Ich sag ihnen, dass du jetzt fährst«, sagte Letti. »Dann vergessen sie vorübergehend, worüber sie streiten.« Sie gab ihm einen Kuss. »Wem stehen die roten Haare besser, Sophie oder mir?«

»Dir natürlich, dumme Frage.«

»Dann sieht sie also in Blond besser aus?«

»Ja ...«

»Heißt das, Blond gefällt dir besser als Rot?«

»Himmel, nein! Das sind ja schon wieder lauter Fangfragen!«

Letti lachte laut auf. »Ich wollte nur sehen, ob ich es auch noch draufhabe«, sagte sie.

»Lass deine Finger von Aurora, hab ich gesagt!« Luzy.

»Du hast mir überhaupt nichts zu befehlen!« Livia.

»Mädels! Euer Vater muss los!« Letti.

»Frauen«, seufzte Jonas. »Und ich hab gleich drei davon.«

»Ja, du bist echt ein Glückspilz«, sagte Letti grinsend.

SCHWESTERN UND SCHWESTERN

»Aber heute Vormittag ging es Livia doch noch gut?«

»So was kommt eben manchmal plötzlich.« Hastig wechselte Luzy das Thema. »Hättest du nicht eine genauere Wegbeschreibung von deinem Vater kriegen können?«

»Nein.«

Luzy seufzte. Manchmal konnte Rollos Einsilbigkeit ein klein wenig nerven.

»Und warum nicht?«

»Weil er mir den Weg gar nicht beschrieben hat. Genau genommen hat er gesagt, wenn ich den Schwestern auf den Geist gehe, kann ich mich auf was gefasst machen.«

»Oh. Dann sollten wir uns heute wohl besser nicht erwischen lassen.«

Luzy und Rollo stapften durchs nasse Unterholz. Die dünne Schneeschicht, die vor ein paar Tagen gefallen war, reichte, um die schmalen Pfade im Wald unkenntlich zu machen. Sie irrten nun schon seit fast zwei Stunden durch den dichten Wald, ohne auch nur einen Schuhabdruck zu finden, und die ganze Expedition bekam langsam etwas unerfreulich Hänsel-und-Gretel-haftes.

»Aber du bist ganz sicher, dass das hier der Ebreichswald ist?«, brach Luzy erneut das Schweigen.

»Und bist *du* ganz sicher, dass deine Nase vorn im Gesicht ist?«

»Jaja, schon gut, Robin Hood.« Rollo kannte die Wälder in der Umgebung besser als jedes andere Kind, weil er mit seinem Vater schon so viele Streifzüge unternommen hatte. Wieso sie dabei noch nie auf das geheimnisvolle Kloster gestoßen waren, war Luzy allerdings ein Rätsel. Wahrscheinlich *wollte* sein Vater einfach nicht darauf stoßen.

»Da!«, unterbrach Rollo ihren Gedankengang. »Da ist es.«

»Wo?«, fragte Luzy verblüfft, denn auf den ersten Blick konnte sie in der Richtung, in die Rollo zeigte, gar nichts erkennen außer Bäumen und noch mehr Bäumen. Der Ebreichswald war ein Mischwald, aber es gab deutlich mehr Nadel- als Laubbäume, damit hatte er also jetzt im Winter nur wenig an Dichte eingebüßt. Rollo und sie hatten sich eine Anhöhe hochgekämpft, an deren Rand sie die letzten zehn Minuten entlanggewandert waren. Zu ihrer Linken fiel der Wald steil ab und wurde immer dichter – und mitten hinein in dieses Dickicht deutete Rollo. Luzy kniff die Augen zusammen. Tatsächlich, da stieg eine kleine Rauchsäule auf und darunter, zwischen den Bäumen, waren eine verwitterte, graue Mauer und dahinter so etwas wie ein kleiner Turm zu erkennen.

»Kein Wunder, dass hier keiner zufällig vorbeikommt«, meinte sie und schaute zweifelnd den Abhang hinunter: Laub, Erde, Geröll, und alles von einer dünnen Schneeschicht überzogen: Der Abstieg sah nicht sehr einladend aus.

»Du willst doch jetzt nicht etwa kneifen?«, fragte Rollo.

»In deinen Träumen«, antwortete Luzy und ging entschlossen voran.

»Aber pass auf, es sieht verdammt rutschig aus!«

»Kinderspiel!«, meinte Luzy. »Laufschritt marsch!« Langsam und bedächtig war noch nie ihre Methode gewesen – sie wollte zu dem Kloster und zwar pronto. Im Bergablaufen hielt sie sich an Baumstämmen und großen Ästen fest, um nicht zu schnell zu werden, was auch super funktionierte – bis einer der Äste abbrach. Sie schrie auf und im nächsten Moment kullerte sie wie ein Stein den Abhang hinunter.

Als Luzy die Augen aufschlug, sah sie kleine, helle Pünktchen, die sich in elliptischen Bahnen vor ihrem Gesicht bewegten. Gleich darauf tauchte Rollos besorgtes Gesicht über ihr auf. »Luzy! Alles o.k.?«

Luzy rappelte sich vorsichtig zum Sitzen hoch. »Klar«, sagte sie so überzeugend wie möglich. »Ich hab bloß den kürzesten Weg gesucht.«

»Und gefunden«, knurrte Rollo. »Mann, du kannst einem vielleicht einen Schrecken einjagen.«

Tatsächlich war Luzy nur ein paar Schritte von der verwitterten Mauer zu liegen gekommen. Ihr Schienbein pochte, ihr Ellenbogen war aufgescheuert, am Hinterkopf wuchs eine Beule und auf der Wange ertastete sie einen Kratzer. Das würde ja hoffentlich kein Problem für die Maskenbildnerin sein? »Echte Filmstars machen alle Stunts selber«, meinte sie grinsend und streckte Rollo die Hand hin. Er zog sie hoch und vorsichtig pirschten beide hintereinander die mannshohe Klostermauer entlang, bis sie an ein schmiedeeisernes Tor kamen.

»Ist das der Haupteingang?«

»Nein, kommt mir zu klein vor. Vielleicht nur der Eingang zur Kapelle oder …«

»Oder was?«, fragte Rollo.

»Da drüben! Das sieht aus wie ein Grabstein! Und daneben noch einer! Es gibt also wirklich einen Klosterfriedhof!«

Rollo rüttelte an den Gitterstäben.

»Abgeschlossen. Sollen wir über die Mauer klettern?«

»Ja, mach das mal, Robin«, meinte Luzy. »Ich bevorzuge die elegante Art.« Sie griff zwischen den Stangen durch, hantierte kurz an dem alten, rostigen Schloss herum, und als sie die Hand wieder zurückzog, lag darin ein großer, schwarzer, schmuckloser Schlüssel.

»Die Klosterschwestern sind wohl ein bisschen zerstreut«, meinte sie grinsend. Sie steckte den Schlüssel auf der Außenseite wieder an, schloss auf und schlüpfte durch das Tor. Vorsichtig sah sie sich nach allen Seiten um. »Niemand zu sehen«, flüsterte sie und ging voraus. Ganz offensichtlich waren hier nur Ordensmitglieder bestattet worden. Die Grabsteine, die windschief und vom Wetter gezeichnet aus dem Boden ragten, trugen Inschriften wie *Schwester Anna-Maria Procuritas, ein Leben im Herrn* oder *Unsere Schwester Esmeralda, von Gott berufen, zu Gott heimgekehrt*.

Die beiden begannen, systematisch den Schnee von allen Inschriften zu wischen, in der Hoffnung, das Grab Thereses von Theurenbach zu finden. Der Friedhof war klein und nach zehn Minuten hatten sie und Rollo ihn komplett durchkämmt – ohne Erfolg.

»Vielleicht haben deine Großeltern sich geirrt«, meinte Rollo achselzuckend. »Vielleicht war das einfach nur so ein Gerücht, dass sie hier begraben ist. Immerhin war sie ja keine von denen. Sie hat nur ihre letzten Jahre hier verbracht.«

»Ja«, meinte Luzy enttäuscht. »Vielleicht haben auch ihre Kinder drauf bestanden, dass sie woanders beigesetzt wird.«

Rollo sah sich um. »War das Licht vorhin auch schon an?«, fragte er. Tatsächlich, in einem der Fenster des Klosters, die dem Friedhof zugewandt waren, schien jetzt Licht.

Luzy zuckte nur mit den Schultern, aber ganz so cool, wie sie tat, war sie auch nicht. Sie und Rollo waren schon viel länger unterwegs, als sie vorgehabt hatten, in einer Stunde würde es dunkel werden.

»Wir sollten hier verschwinden«, meinte Rollo.

»O.k.«, sagte Luzy, erleichtert, dass nicht sie das Signal zum Rückzug geben musste.

Rollo machte kehrt und Luzy stapfte hinter ihm her. Plötzlich fühlte sie sich schrecklich müde und an ihrem Körper taten auf einmal hundert Stellen weh, die sie vorhin gar nicht gespürt hatte. Kalt war ihr auch und sie sehnte sich nach einem heißen Bad und einer Tasse Kakao. Man kann eben nicht immer gewinnen, dachte sie und schaute noch einmal über die Schulter zurück, um einen Abschiedsblick auf den Friedhof zu werfen. Die sinkende Sonne hatte sich ein letztes Mal zwischen den Wolken durchgekämpft und warf einen rosaroten Strahl auf zwei dicke Büsche, die nebeneinander dicht an die Friedhofsmauer gepflanzt waren. »Warte, Rollo!« Luzy machte kehrt und lief los, auf die beiden Büsche zu. Sie mochte sich getäuscht haben, aber da, von den Büschen großteils überwuchert, da war doch … »Ich hab's!«, rief Luzy vor Begeisterung außer sich. »Rollo, ich hab's!«

Wegen der darüberwachsenden Büsche war auf dem Grabstein kein Schnee liegen geblieben und die Inschrift war deutlich sichtbar.

THERESE VON APSBERG
geborene von Theurenbach
1812 bis 1888
Du treues Herz
Ruhe im Herrn

Luzy nahm ihr Handy aus der Jackentasche und machte schnell ein Foto von dem Grabstein. Irgendwie hatte sie dabei ein schlechtes Gewissen, so, als würde sie ein fremdes Tagebuch lesen, und steckte das Telefon hastig wieder ein. Nun tippte Rollo ihr auf die Schulter. »Schau mal«, sagte er. »Da ist noch ein Grab.«

Und wirklich, auch unter den ausladenden Ästen des anderen Busches ragte ein wenig schief ein grauer Grabstein aus dem Boden.

»Komisch«, meinte Luzy. »Ich hab gedacht, dass Therese so abseits liegt, weil sie nicht richtig dazugehört hat. Aber noch ein Grab?«

Rollo bog ein paar Zweige zur Seite, sodass sie auch diese Inschrift lesen konnten.

SCHWESTER INNOCENCIA
Geboren 1814, gestorben 1889
Anima libera est

»Warum die beiden wohl nebeneinander bestattet wurden?«, fragte Luzy halblaut und kramte erneut nach ihrem Handy, um auch von der zweiten Entdeckung ein Foto zu machen.

»Vielleicht waren sie befreundet.« Rollo wurde von Minute zu Minute unruhiger. »Wir müssen los, Luzy. Es wird dunkel. Und ... irgendwie ist es hier unheimlich.«

»Ach was, keine Sorge. Vampire kommen erst um Mitternacht und Werwölfe nur bei Vollmond.«

In diesem Moment drang ein markerschütterndes Heulen von der anderen Seite des Gebäudes zu ihnen und ihr Handy glitt Luzy vor Schreck aus den kältestarren Fingern. Ohne ihre Zustimmung abzuwarten, schnappte Rollo die Hand seiner Freundin und rannte los.

»Verdammt, Rollo …« Aber das Protestieren verging ihr, als sie, neben Rollo herstolpernd, über die Schulter zurücksah. Ein riesiger, schwarzer Hund unbestimmter Rasse kam von der anderen Seite des Anwesens in großen Sprüngen auf sie zu. Selbst auf die Entfernung konnte man seine gelben Augen und weißen Zähne im Dunkeln leuchten sehen.

»Hör auf, an mir zu zerren!« Sie waren am schmiedeeisernen Tor angekommen und Luzy riss an der Klinke, doch die Tür war versperrt. Einen Moment lang befürchtete sie, jemand hätte das Stecken des Schlüssels bemerkt und ihn abgezogen, aber da hatte sie ihn schon im Schloss ertastet. »Du hast abgesperrt? Mann, Rollo, Ordnung ist ja schön und gut, aber …«

»Motz nicht, schließ auf«, drängte Rollo – der große Hund hatte sie fast erreicht, und je näher er kam, desto furchterregender sah er aus. Luzy drehte den Schlüssel im Schloss und Rollo und sie waren kaum durch und hatten das Tor hinter sich zugeschlagen, als der Hund bellend an den Gitterstangen hochsprang.

Luzy sperrte das Tor von außen wieder zu und machte zur Vorsicht hastig zwei Schritte weg. Nun war in mehreren Fenstern Licht zu sehen und von irgendwo kam eine weibliche Stimme. »Ist da jemand?«

»Das war haarscharf!«, sagte Luzy. »Also, Lektion eins für Einbrecher: Versperr dir nicht den eigenen Fluchtweg!«

»Willst du hier stehen bleiben und weiterplaudern, bis uns doch noch jemand erwischt, oder verschwinden wir endlich?«

Erst viel später, als sie instinktiv nach ihrem nicht mehr vorhandenen Handy tastete, merkte Luzy, dass stattdessen ein schwerer schmiedeeiserner Schlüssel in ihrer Jackentasche lag.

Als Luzy heimkam, war ihre Großmutter dabei, den Tisch fürs Abendessen zu decken, und Livia rührte in einem großen Topf Gemüsesuppe.

»Hallo, Oma«, sagte Luzy und ignorierte ihre Schwester.

»Wo kommst du denn so spät her?«, fragte Oma Rosmarie. »Wir wollten schon einen Suchtrupp losschicken!«

»Ich habe recherchiert«, erklärte Luzy wichtig. »Im Kloster. Und ich bin Aurora ein großes Stück näher gekommen.«

Eigentlich war es ja mehr der Klosterfriedhof gewesen als das Kloster und sie hatte dort nur bestätigt gefunden, was sie ohnehin schon wusste. Und

Aurora war so verschwunden wie eh und je. Aber Livia musste ja nicht alle Details hören.

»Tatsächlich?«, fragte Livia gedehnt, legte den Löffel ab und setzte sich an den Tisch. »Wer von uns wohl weiter gekommen ist?«

»Hast du etwa auch nach ihr gesucht?« Für einen Moment vergaß Luzy, dass sie eigentlich wieder mal nicht mit Livia redete.

»Kein bisschen«, erklärte ihre Schwester. »Das darf ich ja nicht. Aurora ist ja bekanntlich dein persönlicher Besitz. Ich habe mich mit Therese befasst und festgestellt, dass sie mindestens genauso interessant ist.«

»Na, dann erklär das mal Bea, die freut sich bestimmt, das zu hören.«

»Bea ist vermutlich zu unsensibel, um das zu kapieren«, meinte Livia. »Ähnlich wie andere Leute, die ich kenne. Ich will keine Namen nennen.«

»Oh, verstehe. Therese ist was für hochsensible und hochintelligente Nervensägen. Nur zu, du darfst sie behalten.«

»Habt ihr auch schon Napoleon, Marie Antoinette und Kaiser Wilhelm unter euch aufgeteilt?«, fragte Oma Rosmarie unschuldig. »Nur, damit ich weiß, an welche von euch beiden ich mich wenden muss, wenn ich in Zukunft ein Buch über eine geschichtliche Persönlichkeit lesen oder einen Film ansehen will.«

»*Sie* hat damit angefangen«, erklärte Livia. »*Ich* finde das kindisch.«

»Ja, *du* bist ja auch so viel reifer als ich«, schoss Luzy zurück. »Warum ziehst du nicht in ein Heim für überreife Pflaumen?«

»So, das reicht wieder mal«, sagte Oma Rosmarie scharf. »Ich will heute nichts dergleichen mehr hören, haben wir uns verstanden?«

Das Vibrieren von Livias Handy signalisierte das Eintreffen einer SMS. Luzy hatte augenblicklich ein mulmiges Gefühl im Bauch, und gleich darauf wusste sie auch, warum.

»Kannst du mir erklären, warum Rollo mich fragt, ob meine Zahnschmerzen schon besser sind?«, fragte Livia sie eisig.

»Na, er macht sich wohl Sorgen um dich.«

»Ich hatte seit drei Jahren keine Zahnschmerzen mehr.«

»Dann hat er da wohl was verwechselt.«

»Du warst mit Rollo im Kloster, stimmt's?« Livias Unterlippe zitterte. »Ohne mir was zu sagen. Das ist echt fies, und das weißt du auch!« Sie schob mit einer heftigen Bewegung ihren Stuhl zurück, stand auf und lief aus der Küche.

Luzy hatte rote Ohren und auf einmal überhaupt keinen Appetit mehr, obwohl die Suppe verdammt gut roch. Sie hatte Livia nicht nur ausgeschlossen, sie hatte auch noch ihren gemeinsamen besten Freund mit hineingezogen, und alles nur, weil es ihr nicht gepasst hatte, dass Livia sich mit »ihrer« Figur befasste. Ihre Schwester war zu Recht wütend. Sie selbst würde wahrscheinlich toben und schreien, wenn sie in Livias Lage wäre.

Verbissen starrte Luzy auf die Papierserviette, die sie seit einer Minute auf- und wieder zusammenfaltete. Trotzdem bemerkte sie Oma Rosmaries Seitenblick.

Komischerweise gab ihre Großmutter keinen Kommentar ab, stattdessen nahm sie den großen Löffel, den Livia zuvor neben dem Herd abgelegt hatte, und begann selbst in der Suppe zu rühren. »Ich bin ein Ozean ohne Gezeiten ohne sie«, sagte sie schließlich. »Ein Himmelszelt ohne Sternschnuppen, eine Blumenwiese ohne Schmetterlinge.«

»Wie bitte?«, fragte Luzy verwirrt.

»Das hat Therese von Theurenbach an ihren Vater geschrieben, nach Auroras Verschwinden«, erklärte Oma Rosmarie.

»Ganz schön kitschig«, sagte Luzy, aber irgendwie schien jetzt auch ihre Unterlippe zu zittern.

»Ja«, wiederholte ihre Großmutter. »Ganz schön kitschig.«

Livia lag auf ihrem Bett und starrte auf die schrägen Dachbalken an der Decke. Erst wollte Luzy ihre kostbare Aurora nicht mit ihr teilen und nun vereinnahmte sie auch noch Rollo! Aber Auroras Geschichte war einfach zu spannend, um sich nicht dafür zu interessieren, und Rollo war auch *ihr* Freund, verdammt! War es nicht genug, dass sich wieder mal alles um ihre ach so charmante Schwester drehte, weil sie diese Rolle gekriegt hatte? Musste sie auch noch in jedem anderen Bereich ihren Kopf durchsetzen? Aber von ihr, Livia, wurde ständig erwartet, dass sie Rücksicht nahm. Überleg doch mal, wie das für Luzy ist, Livia. Immer die Zweitbeste in allem zu sein! Als ob das wahr wäre! Livia war bei Weitem nicht in allem besser – gerade mal in der blöden Schule! Gerade mal, wenn es darum ging, ein mathematisches Problem zu durchschauen oder eine chemische Formel abzuleiten. Gerade mal, wenn es darum ging, sich einen Text aus dem Geschichtebuch zu merken und einen fehlerlosen Aufsatz zu schreiben.

Die Titelmelodie von *Flipper* riss sie aus ihren Gedanken. Sie nahm ihr Handy vom Nachttisch und hob ab. »Livia, sag schnell, was ist euer nächstes Projekt im technischen Werken?«

»Hallo, Jo. Danke, mir geht's gut. Und dir?«

»Sag schon, Livia! Bitte! Mein Vater hat mich beim Essen danach gefragt und ich hab einen Hustenanfall vorgetäuscht und bin ins Badezimmer, um zu telefonieren!«

Livia seufzte. »Wir bauen ein Fahrzeug«, sagte sie. »Kann alles sein vom Fahrrad bis zum Caterpillar, aber die Mechanik muss stimmen, die Achsen müssen …«

»Ein Fahrzeug, super«, unterbrach Jo. »Das wird ihm gefallen. Danke, Livia, du bist echt die Beste. Hab ich schon gesagt, dass du mit deinen acht Kindern bis an dein Lebensende in meinem Restaurant essen darfst?«

»Letztens waren es noch sieben Kinder«, sagte Livia.

»Auf eines mehr oder weniger kommt es nicht an«, erklärte Jo großzügig. »Starköche können sich so was leisten. Ich muss zurück zum Essen.« Klick. Weg war er.

Dafür klopfte es an der Tür.

»Nein!«, rief Livia. »Ich bin diesmal nicht die Vernünftige, die den ersten Schritt macht! Meine bescheuerte Schwester weiß genau, dass sie im Unrecht ist!«

»Ja, weiß sie!«, kam es von der anderen Seite der Tür. »Du kannst mir meinetwegen auch eine runterhauen, wenn du willst!« Einige Sekunden betretenes Schweigen. »Darf ich reinkommen?«

»Es ist offen.«

Luzy öffnete die Tür, machte einen Schritt in Livias Zimmer und schloss sie wieder. »Ich sage Rollo auch, dass ich ihn angelogen habe«, fuhr sie fort. »Schließlich will ich keine *zwei* Schwestern, die mich nicht ausstehen können.« Luzy räusperte sich. »Ich meine wegen Bea. Du weißt schon.«

»Bist du fertig?«

»Ja«, murmelte Luzy. »Glaub schon.«

»Ich schätze, für deine Begriffe war das so was wie eine Entschuldigung, also will ich es mal gelten lassen, aber …«

»Aber …?«

»Einen Oscar kriegst du nicht dafür.«

»Mein Rollenfach ist mehr ›eklige Egotussi‹ als ›reuige Sünderin‹«, meinte Luzy grinsend. »Also. Was hast du herausgefunden? Und wo? Und wie?«

»Du zuerst«, sagte Livia. »Dann werden wir sehen, woran ich mich noch erinnere …«

»Übertreib's nicht«, drohte Luzy. »Mein wahres Ich schlummert nur knapp unter dieser liebreizenden Oberfläche. Aber meinetwegen. Ich hab Thereses Grab gefunden. In einer Ecke des Klosterfriedhofs. Würde dir auch ein Foto zeigen, aber leider ruht mein Handy sanft in derselben Ecke.«

»Du hast dein Handy verloren? Na toll.«

»Es war keine Absicht, das kannst du mir glauben!«, schnaubte Luzy gereizt.

»Ja, ja, schon klar.«

»Jedenfalls versteh ich immer noch nicht, warum irgendjemand ins Kloster gehen will. Nichts als alte Mauern und Werwölfe.«

Livias Augenbrauen wanderten nach oben. »Werwölfe?«

»Nicht so wichtig«, meinte Luzy. »Jedenfalls stand da was auf dem Grabstein, *du treues Herz* oder so. Die Klosterschwestern müssen sie wohl sehr lieb gewonnen haben, die gute Therese. Eine hat sich sogar neben ihr bestatten lassen, eine Schwester Innocencia.« Sie sah Livia erwartungsvoll an. »Und was hast du gefunden?«

»Ich hab mir im Museum die Briefe von Therese durchgesehen ...«

»Die darf man einfach so ansehen?«, fragte Luzy verblüfft. »Werden die davon nicht kaputt?«

»Auf Mikrofilm natürlich«, erklärte Livia und verdrehte die Augen.

»Natürlich«, wiederholte Luzy ärgerlich. »Was die Dumpfbacke von uns beiden wieder für einen Stuss redet.«

»Hör bloß auf!«

»Ja ja, schon gut. Also. Die Briefe.«

»Sie sind alle an ihren Vater gerichtet. Von kurz nach ihrer Hochzeit bis zu seinem Tod. Ab Auroras Verschwinden handeln sie von nichts anderem mehr als davon. Sie war verzweifelt, muss ihre Schwester abgöttisch geliebt haben.«

»Ein Ozean ohne Gezeiten, ein Himmelszelt ohne Sternschnuppen«, murmelte Luzy. »Ja, ich weiß.«

»Wo hast du das denn her?«

»Von Oma. Große Schwesternliebe also.«

»Ja«, sagte Livia. »So was soll's geben.«

Luzy seufzte. »Willst du mir nicht vielleicht doch noch eine runterhauen? Das wär mir nämlich lieber als deine Anspielungen. Also, wie geht's weiter?«

»Fast ein Jahr lang schreibt sie nur von Aurora, dass sie sie überall suchen lässt, dass sie selbst die Wälder durchkämmt, obwohl sie zu diesem Zeitpunkt schon hochschwanger ist und ihr Mann sie davon abhalten will. Und sie macht ihrem Vater auch Vorwürfe wegen Aurora – auf ihre respektvolle Art eben. Jedenfalls kennt sie kein anderes Thema als ihre verschollene Schwester.«

»Wow.«

»Ja, genau. Und dann, ganz plötzlich, hört es auf.«

»Was hört auf? Die Briefe?«

»Nein, sie schreibt weiter, aber von einem Tag auf den anderen erwähnt sie Aurora nicht mehr, mit keinem Wort. Das Allerletzte, was ich gefunden habe und sich auf sie bezieht, ist der Satz: *Ich weiß, Gott sorgt für sie.*«

»Das bedeutet wohl, dass sie gestorben ist, oder?«

»Von ihrem Tod steht aber nichts in den Briefen. Obwohl es natürlich sein kann, dass welche fehlen.«

»Aber was könnte das sonst heißen?«

»Na, dass sie irgendwo ist, wo es ihr gut geht, zum Beispiel!«

»Du meinst, Therese hat sie gefunden?«

Livia zuckte mit den Schultern. »Ich finde, das ist genauso wahrscheinlich, wie dass sie gestorben ist.«

»Ach, komm. Sie sucht ein Jahr lang nach ihrer Schwester, dann findet sie sie und verliert kein Sterbenswörtchen darüber? Das schafft doch keiner!«

»Man soll nicht immer von sich selbst auf andere schließen!«

»Was willst du denn damit wieder sagen?«

»Dass nicht jeder so ein Plappermaul ist wie du, Schwesterherz. Manche Menschen können ein Geheimnis bewahren. Um jemanden zu beschützen zum Beispiel.«

Luzy überlegte kurz. »Du meinst, so wie du das für Jo machst.«

Livia errötete. »Du weißt es also auch schon? Ich hätte es dir erzählt, ehrlich, ich dachte nur, je weniger Leute Bescheid wissen, desto besser.«

»Und außerdem ist deine Schwester ein Plappermaul, schon klar.«

»Ich weiß ja, dass du Jo nicht verpfeifen würdest, Luzy, aber …«

»Aber ich könnte es irrtümlich ausplaudern, meinst du. Seit der Aktion im Werkunterricht brauchst du dir darüber jedenfalls keine Gedanken mehr zu machen. Jetzt weiß es ohnehin die halbe Schule.«

»Auweia.« Livia seufzte. »Dann können wir nur hoffen, dass Jos Vater sich in nächster Zeit von Löwenthal fernhält.«

»Ach, Mist, verdammter.« Luzys Blick war zu dem ordentlichen Stapel Hefte und Bücher auf Livias Schreibtisch gewandert, bereit, für den nächsten Tag in den Schulrucksack gepackt zu werden. Obenauf lag das Französisch-Arbeitsbuch. »Ich hab die Französisch-Hausaufgabe noch nicht gemacht.«

»Willst du sie abschreiben?«, fragte Livia. »Ist nämlich ziemlich lang.«

Luzy stand auf, überkreuzte ihre Zeigefinger und hielt sie Livia entgegen, als wollte sie einen Vampir oder bösen Geist abwehren. »Ich gehe jetzt«, erklärte sie, »dieser Versuchung halte ich keine zwei Minuten stand. Aber ich fürchte, ich muss sie selber machen. Will der guten Simsalabine lieber keine Gelegenheit geben, sich bei mir zu revanchieren.«

»Glaubst du, sie benotet dich strenger, weil sie sauer auf dich ist?«, fragte Livia ungläubig. »Das dürfen Lehrer doch gar nicht!«

»Lehrer sind auch nur Menschen«, meinte Luzy achselzuckend. Wenn auch ein bisschen seltsame.«

»Der Spruch gilt für Schwestern auch«, antwortete Livia grinsend. »Werd Oma bitten, ihn mir aufs Kopfkissen zu sticken.«

»Hoküs poküs, simsalabim, auf drei sitz-en all-e auf ihr-en Plätz-en, *un, deux, trois*! Wir sind keine Floh-Ssirküs!« Mademoiselle Arnaud hatte die Klasse von ihren Schülern weitgehend unbemerkt betreten, denn unten auf dem Platz vor der Schule gab es wesentlich Interessanteres zu sehen. Da parkten mehrere Lieferwagen und Busse mit der Aufschrift *MOVIEMAKERS* – und aus denen wurden Scheinwerfer, Kameras, endlos lange Kabel und andere Gegenstände ausgeladen und ins Schloss hineintransportiert. Drei Wohnwagen parkten ebenfalls unten, einer deutlich größer und luxuriöser als die beiden anderen. Schon zweimal hatten die Kinder Sophie Arendt im Bademantel mit tausend kleinen Lockenwicklern in den Haaren aus ihrem Trailer kommen sehen, eine Wasserflasche in der einen, ihr Skript in der anderen Hand. Sie bereitete sich auf die Szene vor, die später auf dem Dachboden von Schloss Löwenthal gedreht werden sollte – eine sehr ergreifende Szene zwischen den beiden Schwestern. Therese, schon verheiratet, kommt auf Besuch ins Haus ihres Vaters, weil der sie gebeten hat, Aurora darauf vorzubereiten, dass auch sie bald heiraten soll. Doch noch ehe Therese diesen ungeliebten Auftrag ausführen kann, erfährt sie von Aurora, dass die sich in Adrian, den Jugendfreund der Mädchen, verliebt hat. Antonia Felix spielte die erwachsene Therese. Sie war nicht so eine auffallende Schönheit wie Sophie und hatte nicht deren Star-Status, war aber mit ihren vierundzwanzig Jahren schon eine fixe Größe am deutschsprachigen Film- und Fernsehhimmel.

»Antonia hat gesagt, wenn wir auf Location sind, darf ich ihren Trailer mitbenutzen«, flüsterte Luzy stolz. Ebenso wie Bea trug sie schon ihre Filmfrisur – Mittelscheitel, Haare am Oberkopf glatt gekämmt und neben den Ohren in Korkenzieherlocken herabhängend –, denn auch die Kinderdarsteller hatten eine Szene auf dem Dachboden, der bis in ihre Mädchenzeit im Film der geheime Treffpunkt von Therese und Aurora, und dann auch von Aurora und Adrian sein sollte.

»*Allons-y, mes choux*!«, rief Mademoiselle Arnaud und traktierte wie üblich die Luft mit einem Stück Kreide. »Mei-ne Ge-düld ist nischt endlos! *Vite, vite*! Isch 'abe 'ier die Arbeiten von letzter Woche!«

Blitzschnell verteilten sich alle auf ihre Plätze und starrten angstvoll auf den Stoß Hefte, den die Französischlehrerin auf dem Lehrertisch abgeladen hatte. Luzy zappelte nervös auf ihrem Sitz herum. Sie tat sich relativ leicht mit Sprachen, hatte ein gutes Gehör und eine gute Aussprache – aber sie machte viele Fehler. Vor dieser Arbeit hatte sie zum ersten Mal richtig viel geübt – weil sie befürchtete, Mademoiselle Arnaud würde ihr im Zweifel lieber die schlechtere Note geben nach der kleinen Vorstellung, die sie mit angesehen hatte.

Die Verteilung der Hefte erfolgte schnell, jeder bekam eine Kritik im Telegrammstil dazu geliefert. »Beatrice, *pas mal*, aber deine schriftlische Arbeit 'inkt hinter der mündlischen zurück. Jenny, das Problem bei Abschreiben ist, dass man auch dieselben Fehler 'at wie seine Nachbarin. Philippe! Keine Abkürzungen wie in SMSen und E-Mails, *s'il te plaît*, und auch keine Smileys! Livia, Anja, vorbildlisch, alle beide, fast keine Fehler! Roland – du solltest wieder mit deinem Freund Philippe üben! Gerade noch positiv, aber knapp! Pauline, *eh bien*, immer'in besser als das letzte Mal … Lucie …« Mademoiselle Arnaud pausierte einen Augenblick, öffnete das Heft und besah sich die Arbeit noch einmal über ihre Lesebrille hinweg. Luzy hielt die Luft an. »*Très bien*. Deine beste Arbeit bis jetzt.« Sie legte Luzy das Heft auf den Tisch. »Du scheinst von der komischen Alten ja doch einiges zu lernen, *n'est-ce-pas, ma chère*?«

Die Klasse kicherte und Luzy lief rot an.

»Nanü? Die Sprache verschlagen? Es geschehen

noch Zeichen und Wünder. *Eh bien, mes choux,* die Verbesserüng …«

Luzy warf einen Blick zu Livia, die mit einem »Hab's dir ja gesagt«-Grinsen antwortete. Und dann konzentrierte sie sich ganz gegen ihre Gewohnheit auf den Unterricht.

ACTION!

»Jetzt krieg dich wieder ein, du verrücktes Huhn!«

»Ich will ja, aber …« Luzy versuchte, die Luft anzuhalten, um nicht mehr weiterlachen zu müssen, mit dem Erfolg, dass sie in Sekundenschnelle knallrot anlief und dann doch wieder rausplatzte und lachte, bis ihr die Tränen über die Wangen liefen.

»Ich weiß gar nicht, was eigentlich so komisch ist!«

»Es war Phil, wie er mich angesehen hat …« Erneut prustete Luzy los. Livia sah sich um und lächelte entschuldigend in Richtung des Teams. Kameraleute, Maskenbildnerin, Regisseur, Lichttechniker, alle warteten geduldig darauf, dass Luzy sich wieder beruhigte.

Die Einzige, die deutlich zu erkennen gab, dass die Warterei sie nervte, war Bea. Sie saß in ihrem himmelblauen Kleid mit den Puffärmeln in einen der Regiestühle gegossen und trommelte mit den Fingern gegen die Armlehne. Jetzt stand sie auf und kam zu ihnen herüber.

»Verdammte Amateurin!«, zischte sie. »Kapierst du nicht, dass alle auf dich warten? Das ist doch eine ganz einfache Szene, Himmelnochmal, du hast ja nicht mal Text!«

»Ich weiß!« Luzy war so erschöpft vom Lachen, dass sie nicht mal die Kraft hatte, Bea in einem angemessenen Tonfall zu antworten. »Es war nur Phils Blick!«

»Ich kann nichts dafür!«, rechtfertigte Philippe sich sofort. »Der Regisseur hat mir gesagt, ich soll …«

»Ihr einen Blick zuwerfen, der anklingen lässt, was Adrian später einmal für Aurora empfinden wird«, vollendete Bert Kehlmann, der sich unbemerkt dem Grüppchen um Luzy genähert hatte. »Und das hast du auch toll gemacht, wirklich.«

»Luzy ist bloß hysterisch«, erklärte Bea verächtlich.

»Darf ich dich an unseren ersten Dreh vor zwei Jahren erinnern, Bea?«, fragte Bert Kehlmann scharf. »Wir haben siebenunddreißig Takes davon gemacht, wie du dir eine Haarsträhne aus dem Gesicht gestrichen hast, weil deine Hand so stark gezittert hat! Das sind die Nerven und jeder reagiert eben anders.«

Bea biss sich auf die Lippen und stampfte wütend zurück zu ihrem Regiesessel.

»Geht's wieder, Luzy?«, fragte der Regisseur und Luzy nickte – aber kaum warf sie einen Blick in Phils Richtung, zuckte es erneut um ihre Mundwinkel.

»O.k., alles klar. Also, pass auf. Wir werden jetzt diese Szene machen und ich wette, wir haben sie in einer Minute im Kasten. Aber das geht nur, wenn Philippe nicht mehr Philippe für dich ist und Bea nicht mehr Bea. Du bist ein Mädchen, das nicht dreißig Freunde an der Schule hat wie du hier. Du wächst in ziemlicher Isolation auf, nur mit deiner Schwester und diesem Jungen. Die beiden sind alles, was du hast. Mit ihnen teilst du deine Hoffnungen und Träume, ihnen gestehst du deine Ängste. Sie sind deine engsten Vertrauten. Hier oben auf dem Dachboden deines Vaterhauses schwört ihr einander, dass sich daran nie etwas ändern soll. Adrian ist wie ein Bruder für dich, aber schon in ein paar Jahren wird es mehr sein, was ihr füreinander empfindet, und der Keim dieses Gefühls ist schon da. Und das wirst du in seinem Blick sehen. Nur das, sonst nichts. O.k.?« Die hellblauen Augen des Regisseurs hatten ihre während der ganzen kleinen Ansprache keinen Augenblick losgelassen. Und von Wort zu Wort war Luzy etwas ruhiger geworden. Jetzt holte sie tief Luft und sah vorsichtig hinüber zu »Adrian«. Es war vorbei. Erleichtert lächelte sie ihren Regisseur an. »O.k.«, sagte sie. »Danke.«

Der lächelte zurück. »Dafür bin ich da.« Er drehte sich zum Team um. »Maske bitte. Und dann schießen wir.«

Der Dachboden von Schloss Löwenthal war von allem Gerümpel befreit worden, das sich sonst hier stapelte. Auf dem Boden hatten die Filmleute Schienen verlegt, über die nun langsam eine Kamera auf die drei Kinder zufuhr, die im schwachen, staubigen Licht des Novembernachmittags eng beieinander am Fenster standen wie drei kleine Verschwörer. Nun streckte Bea ihre Hand aus und Livia konnte sehen, dass sie auch diesmal ganz leicht zitterte – aber irgendwie passte das ja zu dem feierlichen Moment. Philippe legte seine darauf und sah dann Luzy in die Augen, die den Blick ernst erwiderte und dann als dritte ihre Hand dazulegte.

»Cut!«, rief Bert Kehlmann. »Das war's, ihr drei. Super gemacht! Ich bin stolz auf euch!«

Luzy lief in ihrem grünen Kleid mit dem Reifrock und dem Spitzenkragen auf Livia zu. »Hol Rollo und Anja«, flüsterte sie. »Jetzt ist eine Stunde Lichtumbau und Bert hat gesagt, ich darf euch inzwischen alles zeigen!«

Als Livia mit den beiden zurückkam, fanden sie Luzy im Gespräch mit Sophie. Beas Mutter war fast ungeschminkt, ihr rot gefärbtes Haar wirkte zu ihrer winterlich blassen Haut kein bisschen unecht und mit dem Mittelscheitel, den Korkenzieherlocken und ihrem zarten Teint sah sie tatsächlich aus wie ein junges Mädchen. Auch wenn das Drehbuch die beiden Schwestern älter machte, als sie tatsächlich zur Zeit des echten »Dramas« gewesen waren, so hatte Livia sich doch die ganze Zeit gefragt, wie eine Frau im Alter ihrer Mutter diese Rolle spielen sollte. Jetzt hatte sie keine Zweifel mehr. Die Sophie, die eben Luzy umarmte, wirkte neben ihr nicht nur wegen der Haarfarbe wie eine ältere Schwester. Antonia Felix, doch etliche Jahre jünger als Sophie, erweckte in Kostüm und Maske dagegen den Eindruck, älter und reifer zu sein, genau, wie es ihre Rolle als Therese verlangte. Gerade kam Bea, wie immer Jenny im Schlepptau, auf Sophie zu und riss sie ärgerlich von Luzy weg.

Livia seufzte. Der Waffenstillstand zwischen ihnen und Bea war ohnehin auf wackeligen Füßen gestanden, aber dass Luzy jetzt gleich in mehreren Bereichen in Beas Revier eindrang, machte die Sache nicht grade leichter. Luzy schien davon allerdings unbeeindruckt, oder sie bemerkte es vor Aufregung tatsächlich nicht.

»Hee, ihr dürft auf den Sitz vom Kameramann!«, rief sie ihnen entgegen. »Und auf den Schienen fahren!« Selig hakte sie sich bei Livia unter. »Stell dir vor, Sophie hat mir Tipps gegeben«, sagte sie aufgeregt,

»und mir erzählt, wie sie die Rolle anlegt, damit wir auf derselben Wellenlänge sind. Cool, oder?«

»Ja«, meinte Livia. »Ich hab nur nicht das Gefühl, dass Bea das auch so cool findet.«

»Ach, komm!« Luzy machte eine wegwerfende Handbewegung. »Das ist, als würde Mama ihr erklären, wie man Motorrad fährt. Da hätt ich auch nichts dagegen. Außerdem kann ich momentan sowieso machen, was ich will, sie wird *in jedem Fall* sauer auf mich sein.«

»Da hast du wohl recht«, seufzte Livia. »Ich find's ja schon stark, dass ihr so eine Szene wie eben überhaupt spielen könnt.«

»Kein Thema«, erklärte Luzy. »Wir sind eben Profis. Willst du jetzt mit der Kamera fahren oder nicht?«

In den nächsten Tagen hieß es warten auf den Schnee. Das Drehbuch verlangte für einige Außendreh-Szenen einen tief verschneiten Wald – da reichte die dünne Schicht nicht, die Anfang November gefallen war, und für ein paar Sequenzen wurden sogar fallende Flocken gebraucht. Künstlicher Schnee kam für Bert Kehlmann nur als allerletzte Notlösung infrage, denn der »sieht genauso aus, wie er heißt«, erklärte er. »Künstlich!«

Die hoffnungsvollen Jungschauspieler schmorten also wie alle anderen Schüler im Klassenzimmer und schrieben Arbeiten in Mathematik, Deutsch, Englisch und Französisch. Livia vergnügte sich zusätzlich noch mit der Arbeitsgruppe Latein, der Begabtenförderung Mathematik, dem Werken- und ihrem Fotokurs und einem Biologieprojekt, von dem sie jeden Abend am Telefon mit Begeisterung ihrem Vater erzählte. Außerdem verbrachte sie jede freie Minute in der Museumsbibliothek in Fanning und las immer und immer wieder die Briefe Therese von Theurenbachs. Sie hatte dieses nagende Gefühl im Bauch, dass sie etwas übersehen oder irgendeinem Detail nicht genug Aufmerksamkeit geschenkt hatte. Aber sie kam nicht drauf, was es war.

Die Location-Scouts des Filmteams waren dankbar für den Zeitaufschub und durchkämmten unter der Führung von Opa Franz die Umgebung. Er zeigte ihnen Kapellen, Schlösser, Landsitze, Brücken, Kirchen und Aussichtspunkte, die sich als Drehschauplätze eignen könnten. Und Fanning freute sich über ausgebuchte Hotels und Pensionen und steigende Umsätze in den Geschäften auf dem Stadtplatz zu einer Jahreszeit, in der normalerweise totale Flaute herrschte – die Filmcrew musste ja irgendwo wohnen, essen und shoppen.

Warten war auch Anjas Hauptbeschäftigung in diesen Tagen – allerdings war ihr das Wetter ziemlich egal. Sie hatte über Semmels Schwangerschaft minutiös Tagebuch geführt und rechnete nun quasi jede Minute mit Meerschweinchennachwuchs. Sie erlaubte maximal zwei Kindern gleichzeitig, ihren Liebling zu besuchen, der mittlerweile wirklich wie ein blonder Mini-Wal aussah und sich nur noch sehr schwerfällig bewegte.

Phil vertrieb sich die Zeit auf seine Weise: Er startete eine Karriere als Buchmacher. Er nahm Wetten darüber an, wann es zu schneien beginnen, wie viele Junge das Schulmaskottchen bekommen und wie viele Einsen es bei der nächsten Mathearbeit geben würde. Auf die Idee gebracht hatte ihn Großvater Mayer mit einer der zahlreichen Anekdoten aus seiner eigenen Schulzeit.

Über Fanning hingen schwere, dicke graue Wolken, als sich Luzy, Philippe, Jo und Rollo vor dem Fanninger Museum trafen, um Livia abzuholen, die dort wieder mal über den Briefen gebrütet hatte. Wie auf ein geheimes Signal hin sahen alle gleichzeitig nach oben.

»Schneewolken«, meinte Rollo.

»Kann ich das bitte schriftlich kriegen?«, seufzte Luzy. »Wenn ich nicht bald die Aurora spielen darf, muss ich mich wieder auf die Simsalabine verlegen und das könnte meiner akademischen Karriere schaden.« In diesem Moment kam Livia aus dem Gebäude und die Aufmerksamkeit verlagerte sich auf sie.

»Na, was gefunden?«, fragte Luzy, aber ihre Schwester schüttelte nur den Kopf. Sie kannte die Briefe mittlerweile fast auswendig, aber war deshalb nicht schlauer geworden, was das plötzliche Verschwinden Auroras von der Bildfläche – und bald darauf auch aus der Korrespondenz ihrer Schwester anging.

»Eigentlich geht aus ihren frühen Briefen nicht hervor, dass sie besonders religiös war«, sagte sie. »Das hat man wohl nur daraus geschlossen, dass sie dann später ins Kloster ging. Vielleicht, wenn wir dort mit den Ordensschwestern mal reden?«

»Ohne mich«, sagte Rollo sofort. »Ich hab schon letztes Mal mächtig Glück gehabt, dass sie uns nicht erwischt haben. Mein Vater will nicht, dass ich denen dort auf die Nerven falle.«

»Komisch eigentlich«, meinte Luzy. »Dein Vater erledigt doch Sachen für das Kloster, hast du gesagt. Dafür müssten die Schwestern doch dankbar sein ihm gegenüber. Vielleicht kriegst du also sogar leichter was raus als wir!«

»Ich darf aber nicht, wenn ich's dir sage!«

»*Ich* kann ja gehen«, bot Phil an. »Meinem Charme kann keine Frau widerstehen!«

Die anderen sahen ihn ungläubig an und prusteten los, als sie seinen ernsthaften Gesichtsausdruck sahen.

»Ich habe fast das Gefühl, du meinst wirklich, was

du da sagst!«, stellte Livia grinsend fest. »Da sind wohl jemandem die Autogrammjägerinnen zu Kopf gestiegen!« Tatsächlich hatten einige Mädchen in der Schule Philippe um Autogramme gebeten und er übte seither fetzige Star-Unterschriften – vorzugsweise während der Französischstunden, was Mademoiselle Arnaud schon zu dem einen oder anderen vorwurfsvollen »Mais, Philippe, mon chou!« veranlasst hatte.

»Ich wette, ich bin in ein paar Jahren ein Star, neben dem dieser Jason Mercks verdammt blass aussieht! Wer hält dagegen?«

»Bloß nicht!«, erklärte Luzy. »Du hast mir schon mein ganzes Taschengeld abgeknöpft mit deinen Wetten! Wer hätte aber auch gedacht, dass in einem Behälter mehr als fünfzig Gummischlangen drin sind?«

»Ich«, sagte Livia. »So ein Glas steht doch oft bis zu einer Woche am Kiosk. Und wenn man bedenkt, dass die Hälfte unserer Klasse sich fast täglich mindestens eine kauft, hätte man sich ganz leicht ausrechnen können …«

»Schon gut, Schlaui«, unterbrach Luzy. »Nächstes Mal frag ich dich, bevor ich mein ganzes Vermögen verwette. Monsieur hier hat sich jedenfalls an mir eine goldene Nase verdient.«

»Gar nicht wahr!«, widersprach Philippe. »Bei der

Wette musste ich sogar noch was draufzahlen! Glaubt ihr vielleicht, der Junge vom Kiosk hat die Gummischlangen gratis gezählt?«

»Jedenfalls kannst du gut und gerne drauf wetten, dass du eher ein Filmstar wirst, bevor ich mein Restaurant kriege«, schaltete Jo sich ein und seufzte abgrundtief. »Dauernd fragt mein Vater mich nach diesem ollen technischen Werken und zwingt mich, mit ihm Formel-1-Rennen im Fernsehen anzusehen. Drei Stunden blöden Autos zusehen, wie sie im Kreis fahren! Dabei wäre gleichzeitig Jamie Oliver gelaufen!«

»Irgendwann kapiert er's schon noch!«, meinte Livia tröstend. »Aber ich fürchte, es wird nicht von allein gehen. Du *musst* früher oder später mit ihm reden.«

»Ja, klar«, murmelte Jo. »Eher überrede ich einen Grizzlybären, Vegetarier zu werden, als meinen Vater, mich kochen zu lassen.«

Wie aufs Stichwort bog in diesem Augenblick ein nagelneues, silbernes BMW-Coupé auf den Hauptplatz von Fanning ein. Das Fenster auf der Fahrerseite war trotz der Kälte herabgelassen und Theo Waiglein winkte heraus, als wäre er die Königin von England. Offensichtlich war er in bester Stimmung. »Hallo, allerseits«, grüßte er gönnerhaft. »Hier ist ja die halbe Schule auf den Beinen! Siehst du dieses

Baby, mein Junge? Fabrikneu! Wir sind die einzige Fahrschule zwischen Berlin und Nebraska, die so einen Wagen zur Verfügung hat, das kann ich dir sagen! Probefahrt am Wochenende, was sagst du? Mit anschließendem Blick unter die Haube?«

Jo zwang sich zu einem halbherzigen Grinsen. »Spitzenklasse, Paps. Kann's kaum erwarten.«

Theo Waiglein winkte den Kindern noch einmal zu, ließ das Fenster hinaufschnurren und fuhr weiter. Allerdings nur bis zur nächsten Ecke, wo er Herrn Kliebow, den Besitzer des Fanninger Taxiunternehmens, erspäht hatte – der ideale Partner für eine Unterhaltung über Umdrehungen, Hubraum und Beschleunigung.

»Da redet ihr dauernd darüber, wie fies das war, dass diese Mädels im neunzehnten Jahrhundert nicht über ihre eigene Zukunft entscheiden durften«, sagte Jo verdrießlich. »Und was ist mit mir? Ich bin ein Junge im einundzwanzigsten Jahrhundert, und mir geht's keinen Deut besser.«

»Also, wenn schon unter die Haube, ist mir ein BMW eindeutig lieber als ein älterer Ehemann«, meinte Luzy mit einem Grinsen.

»Du hast leicht reden«, knurrte Jo. »Du kriegst ein Happy End im Film *und* im Leben. Ich hingegen bin dazu verdammt, bis in alle Ewigkeit Schraubenschlüssel statt Kochlöffeln zu schwingen.«

Die anderen prusteten erneut los. Jos melodramatische Art, sich auszudrücken, in Verbindung mit seiner kleinen Gestalt und seinem verdrießlichen Gesicht – es war unmöglich, dabei ernst zu bleiben.

»Na, na«, tröstete Livia, als sie sah, dass Jo nicht mitlachte, sondern seine Mundwinkel immer noch nach unten zeigten. »Du redest ja, als ob dein Leben schon vorbei wäre! Dein Vater kann dir doch nicht ewig vorschreiben, was du zu tun hast!«

»Ewig nicht, aber meine besten Jahre werden dahin sein, bis er mich endlich aus seinen Mechanikerklauen lässt!«

»Nimm's nicht so schwer, *mon ami*«, erklärte Philippe und fasste Jo um die Schultern. »Ich gebe eine Runde Apfelstrudel in Kaschners Konditorei aus.«

»Besser nicht«, widersprach Jo sofort. »Nimm lieber die Sachertorte! Frau Kaschner macht den Apfelstrudel viel zu süß. Hab ihr schon hundertmal gesagt, dass sie eine andere Sorte Äpfel nehmen muss. Aber sie hört ja nicht auf mich.«

»Da ist er wieder, unser Meisterkoch«, lachte Phil, die anderen stimmten ein und diesmal ließ sich auch Jo von ihnen anstecken.

»Was ist denn mit Anja?«, fragte Fräulein Brommel und wandte automatisch ihren Blick den Zwillingen zu – sie wusste, dass die beiden Hartmann-Mädels der Stipendiatin am nächsten standen. »Sie hat sich meines Wissens nicht krankgemeldet.«

»Wir wissen es auch nicht, Fräulein Brommel.« Tatsächlich hatten die Zwillinge zwei Minuten vorher noch darüber gerätselt, warum ihre Freundin nicht zur ersten Stunde erschienen war. Aber die Neun-Uhr-Pause war zu kurz, um in den Wohntrakt hinüber- und bis zum Turm hinaufzulaufen, nach Anja zu sehen und es rechtzeitig zur Deutschstunde wieder in die Klasse zu schaffen.

»Aber sie fühlt sich doch mittlerweile wohl hier, nicht wahr?« In Fräulein Brommels Stimme schwang Besorgnis.

Anja hatte kurz nach Beginn des Schuljahres versucht, von Löwenthal wegzulaufen – und auch wenn sie die Details dieses Zwischenfalls nicht so gut kannte wie Luzy und Livia, so wusste sie doch genug, um sich wegen des unauffälligen, aber hochbegabten Mädchens mehr Gedanken zu machen als um andere ihrer »Schäfchen«.

Luzy wusste sofort, worauf Fräulein Brommel anspielte.

»Keine Sorge, alles paletti«, sagte sie. »Sie denkt nur momentan an nichts anderes als …«

In diesem Augenblick wurde die Tür aufgestoßen und Anja kam herein, mit glänzenden Augen und vor Aufregung geröteten Wangen. »Es ist ein

Junge!«, rief sie. »Und ein Mädchen! Und noch ein Mädchen!«

»Jippieee!«, rief Luzy.

»Gleich drei!«, rief Livia.

»Was ist los?«, rief Fräulein Brommel.

»Eine vollkommen problemlose Geburt«, erklärte Anja mit medizinischem Ernst. »Mutter und Kinder sind wohlauf.«

»Brrrr«, machte Bea und schüttelte sich. Die Vorstellung, dass ihr ehemaliges Zimmer zum Meerschweinchenkreißsaal verkommen war, weckte alles andere in ihr als Glücksgefühle.

In der Klasse begann eine angeregte Unterhaltung über die Bänke hinweg, einige wollten Genaueres über die Geburt wissen, andere ihren Gewinn bei Philippe auf der Stelle einstreichen. Fräulein Brommel beobachtete eine Minute lang mit gerunzelter Stirn diese Aktivitäten, bevor sie mit Karacho das Deutschbuch auf ihr Pult niedersausen ließ und die Klasse zur Ordnung rief. »Könnte mir freundlicherweise jemand sagen, worum es hier geht?«, fragte sie mit hochgezogenen Augenbrauen.

Augenblicklich wurden ihr sechsundzwanzig Antworten von sechsundzwanzig Kindern entgegengeschleudert und sie musste erneut das Deutschbuch einsetzen, um sich Gehör zu verschaffen. »Anja«, sagte sie erschöpft. »Also?«

»Unsere Schule hat nun vier Maskottchen statt einem, Fräulein Brommel!«, erklärte Anja stolz. »Semmel von Löwenthal hat soeben Nachwuchs bekommen!«

»Ich verstehe«, erwiderte die Klassenlehrerin. »Und du hast beschlossen, dass Geburtshilfe in diesem Fall wichtiger ist als die Englischstunde bei Frau Breuss-Hemmings?«

Anja rief hochrot an und senkte den Kopf. »Ich schätze schon«, murmelte sie.

»Du schätzt schon«, wiederholte Fräulein Brommel und Luzy wollte schon aufstehen, um ihre Freundin zu verteidigen, da fuhr die Klassenlehrerin mit einem breiten Lächeln fort: »Und ich stimme dir vollkommen zu. Das ist ein hervorragendes Beispiel dafür, dass man im Leben manchmal Regeln verletzen muss, um das Richtige zu tun.«

Das Strahlen war in Anjas Gesicht zurückgekehrt. »Danke, Fräulein Brommel«, sagte sie, setzte sich auf ihren Platz neben Livia und begann sofort, etwas auf einen Zettel zu kritzeln.

»Fünf Euro, dass zwei von den Jungen semmelfarben sind«, flüsterte gleichzeitig Philippe den Jungs in der Bank vor ihm zu. »Wer will wetten?«

Mit wenigen schnellen Schritten war die Klassenlehrerin bei Phil und schnappte sich seinen Notizblock. »Wohingegen Glücksspiel auf dem Schulgelände ein

Beispiel für eine absolut *unangemessene* Regelverletzung darstellt!«, erklärte sie.

Anja schob erst Livia und dann Luzy unauffällig den Zettel hin, auf dem in Großbuchstaben stand: »IHR SEID PATINNEN!«

»Und damit möchte ich zu unserem heutigen Thema zurückkehren«, erklärte Fräulein Brommel, nachdem sie erneut Ruhe hergestellt hatte, »den Sagen des klassischen Altertums ...«

»Es schneit!«, rief in diesem Augenblick Bea und alle Köpfe wandten sich den Fenstern zu. Tatsächlich! Die schweren grauen Wolken hatten endlich begonnen, ihre Pflicht zu tun – Schneeflocken fielen dicht und schon war die Landschaft wieder frisch angezuckert.

»Meines heißt Flocke!«, sagte Luzy strahlend zu Anja. »Die Meerschweinchenbabys haben den Schnee mitgebracht!«

Die Klassenlehrerin seufzte und erklärte den Rest der Stunde zur verlängerten Schnee-Pause. Die Sagen des klassischen Altertums hätten es schon schwer genug, mit drei neugeborenen Meerschweinchen zu konkurrieren, aber wenn jetzt noch der heiß ersehnte Schnee hinzukam ... Fräulein Brommel wusste, wann sie verloren hatte.

Während ihre Klassenkameraden aufsprangen und zur Tür drängten, um nach unten zu laufen und

Jacken und Stiefel anzuziehen, blieben Bea und Luzy noch einen Augenblick sitzen und starrten durchs Fenster nach draußen. Ohne dass sie es wirklich wollten, trafen sich ihre Blicke: Endlich! Die Dreharbeiten würden weitergehen!

Grosse Szenen

Aurora (Kind) und Therese (Kind) ziehen Schlitten eine Anhöhe hinauf. Es schneit. Aurora zieht den Schlitten, ist als Erste oben, Therese hinter ihr. Die beiden bleiben stehen, um zu verschnaufen, überblicken das Tal. Aurora lässt den Schlitten los, greift in den Schnee, wirft Schneeball auf Therese, beide übermütig, fröhlich, kurze Schneeballschlacht.

»O.k., Mädels, das war schon sehr schön, aber wir machen's noch einmal. Bea, du bist zwar die Ernstere von den beiden, aber du lässt dich von deiner

Schwester anstecken – ihr seid in diesem Moment beide ausgelassen und fröhlich, alles klar?«

»Alles klar!«, sagte Bea laut, murmelte dann aber nur für Luzy hörbar: »Und Rotlöckchen hat natürlich wieder mal alles richtig gemacht!« Luzy seufzte. Die Arbeit beim Film war anstrengender, als sie es sich vorgestellt hatte, vor allem bei den Szenen, die im Freien spielten. Es war verdammt kalt, obwohl sie ihre Skiunterwäsche unter dem Kostüm anhatte. Außerdem musste man oft ewig warten, bis man drankam – Geduld war sowieso nicht Luzys starke Seite –, und dann eine Szene oft viele Male wiederholen, bis der Regisseur endlich zufrieden war. Auch wenn Livia und Rollo mitgekommen waren und sich eine Betreuerin seit dem frühen Morgen um sie und Bea gekümmert hatte – das Ganze könnte mehr Spaß machen, wenn Bea nicht ständig so biestig wäre.

Allerdings war sie wirklich eine gute Schauspielerin. Alles, was Bert Kehlmann sagte, wusste Bea sofort umzusetzen, während sie selbst oft längere Erklärungen brauchte. Aber schließlich war das auch Luzys erster Film und der Regisseur hatte das gewusst, als er ihr die Rolle gab. Also konnte Bea sich ihre blöden Bemerkungen sparen. Jawohl.

Die Szene war fünfzehn Minuten später abgedreht und die Mädels wurden zum Aufwärmen in die Trailer geschickt – Bea natürlich zu Sophie und Luzy zu Antonia Felix, die sich ihrer jungen »Kollegin« gegenüber wirklich wie eine ältere Schwester benahm. Sie war es auch schon gewohnt, nicht nur Luzy, sondern auch deren Schwester und Freunde in ihrem Wohnwagen mit Tee und Keksen zu bewirten.

Jetzt gerade saß sie mit einer Daunenjacke über ihrem Kostüm vor dem Spiegel, während die Maskenbildnerin sie für die übernächste Szene vorbereitete – eine dramatische Auseinandersetzung zwischen Aurora und Therese, die an exakt demselben Ort stattfand wie die Schlüsselszene mit den beiden Schwestern im Kindesalter, die als Nächstes drankam.

»Na, bereit für die große Szene?«, fragte Antonia, als Luzy jetzt mit Livia und Rollo im Schlepptau über die kleine Treppe in den Wagen kam.

»Du meinst die schrecklich wichtige Szene, in der alles von mir abhängt? In der ich jede Menge Text habe, der gefühlvoll, aber auf keinen Fall kitschig rüberkommen darf? Die Szene, in der ich richtige Tränen weinen muss? Und das Auge in Auge mit meiner lieben Freundin Bea, die nur darauf wartet, dass ich einen Fehler mache?«

»Ja, genau die meine ich«, sagte Antonia lachend. »Bereit dafür?«

»Oh ja«, meinte Luzy und verzog ihr Gesicht zu einer Grimasse. »Solange mich niemand unter Druck setzt ...«

»Zehn Minuten, Luzy!«, rief die Regieassistentin zur Tür herein. Julia, die Maskenbildnerin, ließ einen Moment von Antonia ab und kontrollierte Luzys minimales Make-up.

»Ich würde sterben vor Nervosität«, sagte Livia schaudernd. »Was ist, wenn du deinen Text vergisst?«

»Genau«, stimmte Rollo zu. »Oder wenn du wieder so einen Lachanfall kriegst?«

»Danke, ihr zwei!«, knurrte Luzy. »Ihr seid echt eine große Hilfe!«

»Du musst an was Trauriges denken«, sagte Rollo. »Hab mal gelesen, dass Schauspieler das so machen.«

»Mann, Rollo …«

»Kannst du auch bestimmt deinen Text?«, fragte Livia besorgt. »Ich könnte dich noch mal …«

»O.k., das reicht!« Luzy sprang auf und zog ihre Winterjacke wieder über Auroras dunkelblauen Wollmantel. »Ich gehe jetzt da raus, und wenn mir einer von euch nachkommt und fragt, ob ich nervös bin, kann ich für nichts garantieren! Alles klar?«

Mit hochgezogenen Schultern stapfte sie zwischen den Wohnwagen und Technik-Lkws durch. Ihren Text hatte sie in der Hand, aber sie wusste, sie konnte ihn auswendig. Das Lernen des Textes war bei Weitem nicht das Schwierigste am Schauspielen, das wusste sie jetzt. Aber konnte sie diese Szene so spielen, dass man ihr abnahm, was sie sagte? Konnte sie die Worte aus dem Drehbuch zu ihren eigenen machen? Hatte sich Bert Kehlmann nicht vielleicht doch etwas in ihr verschätzt? Hatte sie sich nicht zu viel vorgenommen?

»Na, Schwesterlein«, riss Beas Stimme sie aus ihren Gedanken. »Wir werden doch nicht nervös sein, oder?« Den höhnischen Tonfall konnte Luzy sonst schon ziemlich gut ausblenden, aber jetzt gerade fühlte sie sich verunsichert und Beas Feindseligkeit war das Letzte, was sie brauchte.

»Lass gut sein, Bea«, erwiderte Luzy ärgerlich. »Wir sollen *miteinander* spielen, nicht gegeneinander, schon vergessen?«

Aber Bea war ganz offensichtlich für solche Argumente momentan nicht empfänglich. »Jetzt wünschst du dir wohl, du wärst bei der kleineren Rolle geblieben, was?«, stichelte sie weiter.

»Mann, Bea! Dich als Schwester zu haben muss echt die Vorstufe zur Hölle sein! Kannst du nicht endlich aufhören, dich wie eine Miniversion von Cruella de Vil zu benehmen?«

»In deinen Träumen, Rotlöckchen! Und jetzt hopp, hopp, zurück aufs Set. Wenn du dich schon unbedingt blamieren willst, dann wenigstens pünktlich!«

Gerade kamen Livia und Rollo auch wieder aus Antonias Wohnwagen, Livia sah sich um, erspähte Luzy und winkte fröhlich zu ihr herüber. »Toi, toi,

toi!«, formte sie mit den Lippen und strahlte. Ihre Schwester war mächtig stolz auf sie, das spürte Luzy. Da war keine Spur von Eifersucht oder Missgunst. Livia freute sich einfach nur für sie und hoffte, dass alles glattgehen würde. Sie konnte eine wahre Nervensäge sein mit ihrer Besserwisserei, aber sie war im Grunde eine verdammt gute Schwester.

»Na, alles klar, ihr zwei?« Bert Kehlmann hatte seine Glatze mit einer knallblauen Mütze, die die intensive Farbe seiner Augen betonte, gegen die Kälte geschützt. An einem Ohrläppchen leuchtete der silberne Ring. Alles andere war wie üblich schwarz: der Anorak, der Rollkragenpulli, die Jeans, die Handschuhe, die Schneestiefel. Die bevorstehende Szene hatte er mit ihnen beiden getrennt besprochen. Bea hielt sich zwar seit der Sache auf dem Dachboden mit Bemerkungen zurück, wenn der Regisseur in Hörweite war, aber ihm war trotzdem klar, dass die Mädchen nicht grade dicke Freundinnen waren. »Noch Fragen?«

»Nein, nein, kein Problem.« Bea zuckte lässig mit den Schultern. *»Let's go.«*

Luzy erwiderte offen den fragenden Blick des Regisseurs. Sie war sich jetzt ziemlich sicher, dass sie wusste, was Aurora in der Szene fühlte.

»Nein«, sagte sie. »Keine Fragen. Ich glaube, ich krieg das hin.«

»Aber sicher tust du das.« Kehlmann lächelte zurück. »Das wusste ich schon, als ich dich das erste Mal gesehen hab, *Mademoiselle*.«

Luzy errötete ein bisschen bei der Anspielung auf ihre Parodie der Französischlehrerin, aber sie fühlte sich trotzdem noch ein Stückchen besser.

»Also dann«, sagte sie und Kehlmann echote: »Also dann.« Im Gleichschritt stapften die beiden hinter Bea her, die schon vorausgegangen war – wohl um deutlich zu machen, dass diese Verzögerung bestimmt nicht auf *ihr* Konto ging.

Aurora streckt ihre Hand aus,
lässt Schneeflocken darauf
landen.

AURORA:
Reschen, hast du gewusst, dass
jede Schneeflocke einzigartig
ist? Dass keine der anderen
gleicht?

THERESE *(runzelt die Stirn)*:
Nein - ich glaube nicht. Hat
Herr von Strelitz das denn im
Unterricht erwähnt?

AURORA *(mitleidig, eine Spur verächtlich):*
Herr von Strelitz, der alte Uhu. Ist nie aus unserem Landkreis herausgekommen, der arme Mann. Was will so einer uns schon groß beibringen?

THERESE:
Aber Aurora! Herr von Strelitz ist doch viel älter und erfahrener als wir! Natürlich können wir von ihm lernen!

AURORA *(lässt ihre Hand sinken, sieht ihre Schwester liebevoll und ein wenig mitleidig an):*
Wie du meinst. Ich für mein Teil lerne lieber von den Schneeflocken. Weil sich keine zwei gleichen. Und weil jede sich ihren eigenen Weg sucht – stell dir vor – der ganze weite Weg vom Himmel zur Erde!

THERESE:
Was du immer redest. Von den Schneeflocken lernen. Lass uns heimgehen, mir ist kalt.

AURORA *(als ob ihre Schwester gar nichts gesagt hätte):*
Mach die Augen zu, Therese.

THERESE *(seufzt)*:
Wozu denn das jetzt wieder?

AURORA:
Bitte, Reschen. Tu mir den Gefallen, ja?

THERESE *(seufzt, liebevoller Blick zu ihrer Schwester, wir spüren, dass sie ihr niemals etwas abschlägt):*
Also gut.
(schließt die Augen)

AURORA:
Und jetzt stell dir dein Leben vor. Es kann alles sein, was du dir wünschst.

Einzigartig. Vollkommen.
Wie eine Schneeflocke.

THERESE *(seufzt)*:
Ach, Aurora …

AURORA:
Mach schon, Therese! Was siehst du?

Kurzes Schweigen. Therese zieht die Stirn kraus, konzentriert sich. Dann entspannt sich ihr Gesicht, sie hat ihr Bild gefunden.

THERESE *(erst zögernd, dann immer schneller)*:
Ich … ich sehe meine Kinder. Mindestens drei oder vier. Sie laufen durch einen riesigen Garten. Das Haus ist groß, herrschaftlich … oder nein, es ist kein Haus, es ist ein Schloss, ein richtiges Schloss und ich die Schlossherrin …
(bricht ab)
Ach, Aurora!

Therese öffnet die Augen,
macht ungeduldige Bewegung
mit der Hand, wie um das Bild
zu vertreiben.
Das ist doch alles Unsinn!

Auroras Augen sind ebenfalls
geschlossen, wieder redet sie,
als hätte Therese den letzten
Satz gar nicht gesagt.

AURORA:
Ich sehe den Ozean. Ferne Länder,
in denen immer die Sonne scheint.
Ein Segelboot. Einen bunten Markt
voller Menschen mit dunkler Haut.
Fische in leuchtenden Farben.
Wilde Pferde, die einen Strand
entlanggaloppieren. Eine riesige,
stille Wüste. Einen Sternenhimmel,
der ganz anders aussieht als
unserer. Nordlichter. Schneebedeckte
Berge. Inseln in kristallblauem
Meer …
(Auroras Stimme verliert sich)

Therese hat dieses Gerede sichtlich Angst gemacht. Sie nimmt die Hand ihrer Schwester, die daraufhin die Augen öffnet und sie ansieht.

THERESE *(angstvoll)*:

Du wirst doch nicht weggehen und mich ganz allein lassen, Aurora, oder? Auch in meinem großen Schloss mit meinen vielen Kindern wäre ich einsam ohne dich.

Aurora streckt erneut die Hand aus, auf dem wollenen Handschuh landen zwei Schneeflocken dicht nebeneinander.

AURORA *(mit Tränen in den Augen)*:

Siehst du die zwei Schneeflocken? Jede ist alleine ans Ziel gekommen. Jede ist einzigartig. Aber dennoch sind sie sich ganz nah. Das sind wir, Thereschen. Wir können gar nicht anders als uns nah sein.

Stille. Schwenk übers Tal, Schnee fällt weiter.

»Cut!«, rief Bert Kehlmann und lief dann auf Luzy zu, kniete neben ihr im Schnee. »Das war großartig, Luzy. Einfach großartig. Die Szene ist im Kasten, die wird nicht mehr besser.«

Luzy wischte sich unauffällig mit der Hand über die Augen – wie waren die Tränen da hingekommen? – und sah sich verwirrt um. Das Team klatschte Beifall! Die Kameraleute, die Tonleute, Sophie Arendt und Antonia Felix. Letztere signalisierte ihr gerade mit nach oben gerichtetem Daumen, wie gut die Szene geworden war. Und natürlich Rollo und Livia, die eben atemlos angerannt kamen.

»Du warst Weltklasse!«, sagte Livia strahlend. »Ich hab's auf dem Monitor gesehen!«

»Waren das echte Tränen?«, fragte Rollo fassungslos. »Wie hast du das bloß gemacht?«

»An was Trauriges gedacht natürlich«, antwortete Luzy grinsend. So langsam fand sie wieder aus ihrer Trance. »Hat mir ein guter Freund geraten.«

Rollo wurde rot, Luzy lachte und wandte sich Bert Kehlmann zu. »Im Ernst?«, fragte sie ungläubig. »Nur *ein* Take?« Sie merkte gar nicht, dass sie wie selbstverständlich angefangen hatte, im Filmjargon zu reden, wie Bea. Vielleicht war ja gar nicht alles Wichtigtuerei, sondern manches einfach Gewohnheit. »Das war's also schon?«

»Ja, das war's schon. Du warst fantastisch, wirklich! Bea und du, ihr wart beide … Bea?« Er stand auf, sah sich um. »Wo ist Bea denn hin?«

»Sie ist zum Trailer gelaufen«, sagte Livia und fügte verlegen hinzu: »Gleich, als Sie zu Luzy hin sind und alle zu klatschen begonnen haben …«

Kehlmann stand auf. »Gut gemacht, Luzy!«, wiederholte er. »Ich bin echt stolz auf dich. Ich muss nur eben mal nach Bea sehen.«

Rollo und die Zwillinge sahen dem Regisseur nach, wie er auf Sophies Trailer zustapfte.

»Du hättest Beas Blick sehen sollen, als Kehlmann dir gratuliert hat«, sagte Livia.

»Ja, zum Glück war sie unbewaffnet«, fügte Rollo hinzu.

Luzy seufzte. »Das Schlimmste ist, ich versteh genau, wie sie sich fühlt. Und in ihrer Lage …« Sie verzog das Gesicht. »… wär ich wahrscheinlich genauso biestig.«

»Garantiert sogar«, meinte Livia mit einem Grinsen.

»Hundertpro«, stimmte Rollo zu.

»Wie schön«, knurrte Luzy, »dass wir alle einer Meinung sind. Los, kommt, wir reden mit Bea!«

Vor Sophies Trailer hatte sich eine kleine Traube Menschen angesammelt, und als die drei in Hörweite kamen, war auch klar, warum.

»Und kaum sagt sie mal einen Satz, ohne zu stottern, kriegt sich hier keiner mehr ein vor Begeisterung!«, hörte sie Beas sich überschlagende Stimme. »Und du bist überhaupt die Schlimmste! Bist du eigentlich *meine* Mutter oder ihre?«

»Deine, Himmel noch mal!«, kam Sophies entnervte Stimme zurück. »Und die sagt dir jetzt zum x-ten Mal, dass du dich gefälligst abregen sollst! Es nimmt dir doch nichts weg, wenn eine Kollegin auch gut ist! Im Gegenteil! Je besser die Kollegen sind, desto mehr kann man selbst zeigen!«

»Ach ja? Und warum sieht mich dann keiner? Warum bin ich Luft für alle und vor Luzy liegen alle auf dem Bauch, als wäre sie die Königin von Saba?«

»Das stimmt doch überhaupt nicht! Bei dir wissen schon alle, dass du gut bist! Luzy ist talentiert, aber niemand hat gewusst, wie sie unter Druck arbeiten kann! Das war eine Riesenüberraschung, am meisten wahrscheinlich für sie selber!«

»Ja, verteidige sie nur, deine heiß geliebte Luzy!«

»Bea …«

»Am besten, du adoptierst sie, wenn sie so toll ist!«

Die Tür des Wohnwagens wurde aufgedrückt und eine verheulte, wütende Beatrice Arendt stürmte die kleine Treppe hinunter, durch die Gruppe der Crewmitglieder hindurch, die vor ihr zurückwichen, und rannte auf den Wald zu.

»Bea!«, rief Bert Kehlmann. »Warte doch! Lass uns drüber reden, o.k.?«

»Mit dir rede ich überhaupt nie mehr!«, schluchzte Bea und beschleunigte ihren Schritt noch.

Sophie, im Bademantel, mit Lockenwicklern im Haar, tauchte in der Tür des Trailers auf, die Arme wegen der Kälte um sich schlingend. »Eines kann ich dir sagen«, rief sie ihrer Tochter nach. »Wenn du mit Konkurrenz nicht umgehen kannst, dann hast du in diesem Beruf nichts verloren! Und dann ist es wohl besser, du kommst jetzt drauf als später! Hast du mich verstanden?«

Bea antwortete nicht, sah sich nicht einmal um, sondern stapfte nur eigensinnig weiter auf den Wald zu, die Hände in dem blauen Wollmantel ihres Kostüms vergraben, auf dem Kopf immer noch Thereses Wollhut.

»Beatrice!«, brüllte Sophie jetzt. »Komm zurück, verdammt!«

Bea marschierte eigensinnig weiter.

»Soll ich ihr nachgehen?«, fragte Kehlmann.

»Ach, die beruhigt sich schon.« Sophie nahm ein Päckchen Zigaretten aus der Tasche ihres Bademantels und zündete sich mit zitternden Fingern eine an. »Und wenn sie wiederkommt, hat ihr Ego hoffentlich wieder die richtige Größe.«

»Kannst du spielen?«, fragte der Regisseur sie.

»Wir haben noch etwa eine Stunde das richtige Licht, vielleicht eineinhalb.«

»Gib mir zehn Minuten«, sagte Sophie. »Und bitte schick mir Julia, o.k.?« Damit verschwand sie im Inneren des Wagens und schloss die Tür. Gleichzeitig setzte draußen heftiges Volksgemurmel ein, dem Kehlmann aber augenblicklich ein Ende bereitete. Er klatschte in die Hände. »O.k., Leute, wir haben einen Film zu drehen. Alle auf Position, Maske bitte zu Sophie, wir machen in zehn Minuten weiter!«

»Wahrscheinlich braucht sie wirklich nur ihre Ruhe«, meinte Luzy. »Nach so was muss man erstmal ausdampfen.«

»Du musst es ja wissen«, meinte Livia. Ihre Schwester war schließlich auch für ihr hitziges Temperament bekannt.

»Hoffentlich verläuft sie sich nicht«, meinte Rollo, und starrte in die Richtung, in der Bea verschwunden war. »Wie eine Pfadfinderin kommt sie mir nicht grade vor.«

»Sie dreht bestimmt bald um«, sagte Luzy. »Spätestens, wenn sie friert.«

»Oder wenn sie Hunger hat.«

»Oder wenn's dunkel wird.«

»Na kommt!« Luzy hakte Rollo und ihre Schwester unter. »Lasst uns mal sehen, ob die Profis mit mir mithalten können.«

Sophie schien doch etwas mitgenommener zu sein, als sie zugeben wollte, denn sie hatte mehrere Texthänger und es dauerte fast eineinhalb Stunden, bis die kurze, aber schwierige Szene im Kasten war.

»Sorry, Antonia«, sagte sie, »ich bin heute etwas neben der Spur. Ich mach's wieder gut.«

Doch Antonia winkte nur ab. »Ich bitte dich«, sagte sie. »Ich hätte wahrscheinlich den Drehtag abgeblasen, an deiner Stelle.« Damit winkte sie noch einmal kurz und verschwand in ihrem Wagen, um sich umzuziehen.

»Tut mir leid, Bert«, sagte Sophie und lehnte sich sichtlich erschöpft an den Regisseur, der den Arm um sie legte. »Ich kann normalerweise echt alles ausblenden. Nur Bea nicht. Ich muss unbedingt gleich mit ihr reden. Weiß jemand, wo sie ist?« Sie sah die Kinder fragend an.

»Ich hab sie nicht gesehen«, meinte Luzy. Sie, Livia und Rollo hatten so fasziniert die Dreharbeiten verfolgt, sie hätten Bea nicht mal bemerkt, wenn sie direkt neben ihnen gestanden hätte. »Aber das ist vermutlich auch besser so. Ich schätze, ich bin gerade so was wie ein rotes Tuch für sie.«

Sophie lächelte schwach. »Nimm's nicht persönlich, Schatz.«

»Mach ich nicht. Bestimmt ist sie im Trailer und sieht sich eine DVD an oder so.«

»Ja, wahrscheinlich.« Sophie seufzte. »Und wahrscheinlich hasst sie mich wieder mal drei Tage lang.« Sie stieg die drei Stufen zur Tür des Wohnwagens hinauf und einen Moment lang wirkte sie mehr wie eine alte Frau als wie ein junges Mädchen. Oben drehte sie sich noch mal zu Luzy um. »Du warst gut heute, Luzy. Richtig gut.« Sie lächelte. »Gratuliere.« Damit verschwand sie im Trailer.

Der junge Mann, der sie am Morgen von zu Hause abgeholt hatte, tippte Luzy auf die Schulter. »Ich bin jederzeit startklar, wenn du fertig bist!«

»Danke«, sagte Luzy. »Ich muss mich nur umziehen.«

Sie waren auf halbem Weg zum Wagen der Kostümbildnerin, als sie Sophies Stimme hörten. »Bea!« Es war mehr ein Schrei als ein Rufen. »Bea, wo bist du?«

»Verdammt«, fluchte Luzy, »dass Bea aber auch immer übertreiben muss.«

»Vielleicht ist sie im Kostümwagen!«, meinte Livia. »Sie ist ja noch in der Therese-Kluft weggelaufen!«

Die drei liefen zur Kostümbildnerin, aber die hatte Bea nicht gesehen. Ebenso wenig war sie im Catering-Wagen oder im Make-up-Trailer. Sie war weder bei Bert Kehlmann noch bei Antonia Felix. Der ganze kleine Fuhrpark wurde abgesucht, doch Bea war tatsächlich nicht zurückgekommen.

GEHEIMNISSE

»Müssten sie nicht schon längst wieder hier sein?«, fragte Letti. »Es hat doch geheißen, sie drehen höchstens bis drei.«

»Beim Film weiß man wohl nie so genau, wie lange etwas dauert. Und Luzy hat ja nicht mal ein Handy«, meinte Oma Rosmarie. »Aber Livia wird bestimmt bald anrufen.«

Keine zwei Sekunden später läutete Lettis Handy. Eine unbekannte Nummer. Sie hatte es ja gewusst! Irgendwas war passiert! Sie hätte nicht auf Luzy hören, sondern ihre Fahrstunden absagen und mitkommen sollen!

»Hallo?«, sagte sie atemlos.

»Letti?«, fragte eine Frauenstimme, die Letti nicht gleich erkannte. Aber sie konnte deutlich hören, dass die Frau ein Schluchzen unterdrückte. Ihr Magen wurde zu einem kleinen, harten Ball.

»Ja?«, antwortete sie. »Wer ist da? Ist was passiert?«

»Ich bin's, Sophie. Bea ist verschwunden. Wir … hatten … einen Streit und sie ist davongelaufen, in den Wald, und ich dachte, sie wird sich schon wieder beruhigen und dann zurückkommen, aber …« Sophies Stimme klang dünn und heiser, hatte nichts von ihrem sonstigen typischen Timbre. Lettis Magen entspannte sich und gleichzeitig fühlte sie sich schuldig, weil sie so erleichtert war. »Sophie, das tut mir so leid!« Letti holte tief Luft. Wo würde sie suchen, was würde sie denken, wenn es eine ihrer Töchter wäre? »Aber … sie ist bestimmt nicht weit … Sie will sich nur an dir rächen, sitzt irgendwo in einer Konditorei mit ihrem iPod und ignoriert deine Anrufe!«

»Sie ist noch in ihrem Kostüm los. Ihr Handy ist in ihrer Handtasche. Ich *kann* sie also gar nicht anrufen. Ich dachte nur, dass sie vielleicht zu euch kommt … Deine Eltern waren doch zu unserer Zeit immer … du weißt schon …«

Ja, Lettis Eltern waren schon während der Schulzeit von Letti und Sophie immer die Anlaufstelle für Löwenthal-Schüler gewesen, die Kummer oder Probleme hatten. Zahllose Kannen von Oma Rosmaries berühmtem Kakao hatten Liebeskummer, Streit mit Lehrern oder Verzweiflung über schlechte Noten erträglicher gemacht – und Opa Franz hatte stillschweigend die eine oder andere Fensterscheibe ersetzt oder Absätze wieder angeklebt, die für erste Rendezvous unverzichtbar waren. Aber Sophies Tochter war dieser Tradition offenbar nicht gefolgt.

»Nein, Sophie«, sagte Letti bedauernd. »Bea ist nicht hier gewesen. Aber ich melde mich selbstverständlich sofort, falls sie noch auftaucht.« Sie zögerte kurz. »Was ... war denn der Auslöser?«

»Eifersucht auf Luzy, Wut auf mich, Wut auf Bert. Such dir was aus.«

»Ich verstehe. Weißt du, sie hat da neulich was gesagt, das hat Luzy mir erzählt. Dass Kehlmann ihr die größere Rolle weggenommen und Luzy gegeben hätte, um sich an dir zu rächen.«

Die Verblüffung war Sophie deutlich anzuhören. »An mir rächen? Wofür denn?«

»Dafür, dass du mit ihm Schluss gemacht hast.«

»Ach, du liebe Zeit.« Letti konnte hören, wie Sophie sich eine Zigarette anzündete. »Ich weiß nicht, wie sie sich diese Dinge immer zusammenreimt. Sie mag Bert und vielleicht hätte sie ihn gern als Stiefvater gehabt. Aber wir waren nie mehr als Freunde. Entschuldige, Letti, aber während wir hier reden, wird es immer dunkler und dunkler. Wir müssen sie finden. Also ...«

»Warte«, rief Letti. »Ihr solltet auf jeden Fall Christian Payer um Hilfe bitten. Er kennt sich im Wald besser aus als jeder andere.«

Letti legte seufzend auf und setzte ihre Mutter über alles ins Bild, was sie nicht ohnehin mitbekommen hatte. Gleich darauf läutete ihr Handy erneut. »Livia! Na endlich!«

»Sorry, Mama, aber bis vor Kurzem wurde gedreht und in der letzten halben Stunde haben wir hier alles nach Bea abgesucht, sie ist ...«

»Weggelaufen, ich weiß. Sophie hat mich grade angerufen.«

»Mama, dürfen wir suchen helfen? Bea kennt sich doch hier nicht aus und ...«

»... und außerdem ist es irgendwie auch meine Schuld, dass sie weggelaufen ist«, drang plötzlich die Stimme ihrer anderen Tochter an Lettis Ohr. »Bitte, Mama! Je mehr Leute suchen, desto besser! Und wir bleiben auch zusammen, Livia, Rollo und ich, und wir haben die Handys mit und ...«

»Ja, in Ordnung«, seufzte Letti. »Meinetwegen. Aber passt auf euch auf. Und keine Alleingänge, versprochen?«

»Versprochen!«

»Mama?« Livia war wieder dran. »Mach dir keine Sorgen, ja? Aber wir können nicht einfach zu Hause sitzen und abwarten. Bea hat einen schrecklichen Orientierungssinn – ihre Mutter sagt, im Hotel findet sie ohne Navi nicht mal ins Badezimmer. Wenn sie bis jetzt nicht zurück ist, hat sie sich bestimmt verlaufen.«

»Schon klar, mein Schatz. Ich hoffe, ihr findet sie bald. Wenn ihr Hilfe braucht, ruft sofort an.«

»Machen wir. Aber im Wald ist teilweise kein Empfang.«

Als Letti das Gespräch beendete, war der harte Ball in ihrer Magengegend zu einem unruhig zittrigen Etwas geworden, das sich durch ihre Innereien bewegte wie eine Flipperkugel durch den Automaten. Hier in der Gegend passierte ja wirklich nicht oft etwas. Aber wenn, dann konnte sie Gift drauf nehmen, dass ihre Töchter mittendrin steckten.

»Tief durchatmen«, sagte ihre Mutter und legte den Arm um Lettis Schultern. »Solange Rollo bei ihnen ist, haben wir keinen Grund, uns Sorgen zu machen.«

»Ein Glück, dass Opa in der Nähe war!«, sagte Luzy. »Sonst hätten wir jetzt einen ›erwachsenen Begleiter‹.« Opa Franz hatte einen Anruf von Letti bekommen, als er gerade auf dem Heimweg und nur ein paar Kilometer vom Drehort entfernt war. Er hatte sofort kehrtgemacht, um bei der Suche nach Bea zu helfen, und nun durchkämmte er mit Sophie, Bert Kehlmann und noch einigen Freiwilligen in Richtung Schlittschuhteich und Fanning den Wald. In dieser Richtung war das Gelände weniger unwegsam und Sophie war überzeugt, dass Bea nicht freiwillig bergauf oder gar querfeldein gehen würde. Antonia Felix und Julia, die Maskenbildnerin, würden in den umliegenden Orten alle Kaffeehäuser und Gaststätten abklappern, falls Bea doch irgendwie auf eine Hauptstraße gekommen und vielleicht per Bus weitergefahren war.

Rollo und die Zwillinge hatten den Bereich Richtung Schlosshart und Umgebung übernommen. Jegliche Bedenken, die Kinder ohne erwachsene Begleitung loszuschicken, hatte Opa Franz im Keim erstickt – erstens hätten sie die Erlaubnis seiner Tochter, erklärte er, und zweitens würde sich Rollo besser auskennen als er selbst. Das hatten zur Erleichterung der Kinder alle akzeptiert. Seit Beas lautstarkem Abgang waren nun fast drei Stunden vergangen und es hatte ununterbrochen geschneit – Spuren waren keine mehr zu erkennen. Um nicht zu viel Zeit zu verschwenden, hatte Luzy nur schnell die geknöpften Lederschuhe, die sie als Aurora getragen hatte, gegen ihre Schneestiefel getauscht und ihre Steppjacke über das Kostüm gezogen. Auroras Kleid war allerdings ein denkbar ungeeigneter Aufzug, um einen tief verschneiten Wald zu durchqueren.

»So was Blödes«, schimpfte sie, als der lange Rock

wieder einmal an einem Ast hängen blieb. »Wie haben die Mädchen das damals bloß ausgehalten, ohne Hosen?«

»Da war eben immer ein galanter Prinz in der Nähe, der sie auf Händen getragen hat«, zog Livia sie auf.

»Seht bloß nicht mich an!«, sagte Rollo, der vornewegstapfte, ohne sich umzudrehen. Das Licht wurde immer schwächer und er nahm die große Taschenlampe, die an einem Riemen quer über seiner Brust hing – einer der Ausstatter der »Moviemaker«-Crew hatte sie ihm gegeben –, und schaltete sie ein.

»Glaubt ihr wirklich, dass sich Bea das hier angetan hat?«, fragte Livia zweifelnd. »Hat ihre Mutter nicht recht und es ist wahrscheinlicher, dass sie den flachen Weg Richtung Fanning gegangen ist?«

»Ich weiß nicht«, schnaufte Luzy und hob ihr Kleid bis zur Hüfte, um über einen Baumstamm klettern zu können. Auf ihrem Wollhut, ebenso wie auf den Mützen von Livia und Rollo, lag schon eine dicke weiße Schneekappe. »Wenn *ich* so wütend und so gekränkt wäre, dann würde ich meiner Mutter und allen anderen die Suche möglichst schwer machen wollen.«

»Aber trotzdem …« Livia blieb stehen, um kurz zu verschnaufen. »Hier gibt's doch nichts als Bäume – keinen Weg, keine Straße. Wir kämpfen uns jetzt schon fast eine Stunde durch das Tiefkühlgemüse – und jetzt denkt mal, um wen es hier geht. Hätte Bea nicht längst umgedreht?«

»Ja«, sagte Rollo und runzelte die Stirn. »Aber hier hätte sie vielleicht nicht mehr gewusst, in welche Richtung sie gehen muss, um zum Drehort zurückzukommen. Als sie losgegangen ist, sind vielleicht zehn Zentimeter Schnee gelegen. Jetzt sind es dreißig. Und ehrlich gesagt …« Er seufzte.

»Was?«, fragten Livia und Luzy wie aus einem Mund.

»Ehrlich gesagt weiß ich momentan auch nicht ganz genau, wo wir sind. Eigentlich hätten wir längst die Forststraße kreuzen müssen. Aber durch den Schnee sieht man auch die kleinen Pfade nicht mehr, an denen ich mich sonst orientiere.«

»Na toll«, seufzte Luzy. »Robin Hood sieht den Wald vor lauter Bäumen nicht mehr. Und was jetzt?«

»Am besten, wir klettern den Hang da noch hinauf. Vielleicht können wir von oben was erkennen.« Er spurtete halb kletternd, halb rutschend voraus. Livia war knapp hinter ihm und danach folgte Luzy, keuchend und über ihr Kostüm fluchend. »Ich werd verrückt«, sagte Rollo, als er oben angekommen war. »Wir sind einen Halbkreis gegangen und viel weiter nördlich, als ich dachte.«

»Ja, und?«, fragte Livia und kniff die Augen zusammen. »Was heißt das jetzt? Ich seh nur Bäume. Und die auch nicht mehr sehr deutlich.«

Endlich kam auch Luzy oben an und schaute sich verwirrt um. Es lag sehr viel mehr Schnee als beim letzten Mal und es war dunkler, aber dennoch war sie fast sicher, dass sie hier vor Kurzem gewesen war. »Rollo, hab ich eine Fata Morgana oder liegt da unten …« Vor Ungeduld vergaß sie, den Saum ihres Kleides anzuheben. »… das Klost…aaaaaaaaaaah!«

»Luzy!«, rief Livia angstvoll ihrer Schwester nach, die zwischen den Bäumen den Hang hinunterkullerte, und lief, so schnell sie konnte, hinterher. »Luzy, bist du o.k.?«

»Keine Angst«, keuchte Rollo, als er sie überholte. »Das macht sie jedes Mal. Und diesmal ist der Boden bestens gepolstert.«

Tatsächlich war Luzy, als sie unten ankamen, schon wieder aufgestanden und klopfte sich gerade den Schnee von den Kleidern. »Schnee bis in die Unterwäsche. Erinnert mich daran, für die nächste Nordpolexpedition was anderes anzuziehen.«

Sie waren tatsächlich nahe der Klostermauer gelandet, allerdings an einer anderen Stelle. In der nun schon fast vollständigen Dunkelheit konnte man unmöglich feststellen, in welcher Richtung das große Tor lag, also marschierten sie einfach los und kämpften sich im Schein der Taschenlampe die Mauer entlang durch den Schnee. Plötzlich tanzte vor ihnen das Licht einer anderen Lampe in der Dunkelheit. »Hallo«, rief eine weibliche Stimme. »Ist da jemand?«

»Ja, hallo, entschuldigen Sie …«, antwortete Luzy und winkte erleichtert. »Könnten Sie uns vielleicht helfen? Wir haben uns verirrt …«

»Von verirrt kann keine Rede sein«, knurrte Rollo. »Wir sind bloß ein bisschen weiter nördlich, als ich dachte.«

Die Stimme und das Licht waren näher gekommen. Im Schein der beiden Taschenlampen erkannten die Kinder ein freundliches, rundes Gesicht unter einer grauen Haube – eine der Klosterschwestern!

»Du liebe Zeit, heute schneit es tatsächlich Kinder!«, sagte sie. »Schnell, schnell, hinein ins Haus mit euch, ihr müsst ja völlig erfroren sein!« Ohne auf eine Antwort zu warten, drehte sie sich um und ging voraus. »Albertina und Ignazia werden schön schauen«, plauderte sie munter weiter. »Da kriegt man ewig keinen Besuch und dann auf einmal … Aber die Wege des Herrn sind eben wundersam, ja, das sind sie …«

Sie drückte das unverschlossene Haupttor auf, eine größere Version des schmiedeeisernen Friedhofstors, und ließ die Kinder durchmarschieren. »Immer nur herein, gleich gibt's heißen Tee und Butterbrote, meine armen Schäfchen …«

In diesem Moment öffnete sich die Tür des Haupthauses und heraus drang freundlicher Lichtschein … und wildes Hundegebell. »Luzifer!«, rief eine donnernde Stimme von drinnen. »Luzifer, bei Fuß!« Aber Luzifer hatte andere Pläne – in Riesensprüngen kam er auf die Kinder zu und Luzy und Rollo, die ihm ja schon einmal begegnet waren, schrien erschrocken auf und kletterten, so schnell sie konnten, an dem schmiedeeisernen Tor hoch. Nur Livia stand unbeweglich und starrte dem großen schwarzen Hund entgegen.

»Livia, komm rauf«, rief Luzy von oben. »Beeil dich!«

»Luzi, Platz!«, sagte die rundliche Ordensschwester ganz ruhig und der Hund bremste sich augenblicklich ein und legte sich auf den Boden. »Braver Junge!«, sagte die Schwester und tätschelte seinen Kopf, woraufhin er vor Begeisterung so heftig mit dem Schwanz wedelte, dass er sein korpulentes Frauchen beinahe aus dem Gleichgewicht brachte. »Hoppla«, lachte sie und drehte sich zu Luzy und Rollo um. »Ihr könnt da ruhig wieder runterkommen. Unser Luzifer ist nur etwas übermütig. Er freut sich immer so über Besuch!«

Livia hatte schon begonnen, den riesigen Hund zu streicheln. »Dacht' ich's mir doch, dass Sie nicht so ruhig da stehen blieben, wenn der Hund gefährlich wäre!«, sagte sie zu der Schwester und kraulte Luzifer hinter den Ohren. »Ich schätze, das ist euer Werwolf«, meinte sie grinsend zu Luzy und Rollo, als die mit hochroten Köpfen wieder runterkletterten.

»Woher sollten wir denn wissen, dass er nicht beißt?«, flüsterte Luzy. »Er sieht verdammt gefährlich aus, wenn er so auf einen zurast!«

»Ach was«, meinte Livia. »Du bist nicht so gefährlich, wie du tust, was, Luzi?« Sie sah zu ihrer Schwester auf. »Übrigens ein interessanter Name für einen großmäuligen Wildfang, findest du nicht?«

Inzwischen war die zweite Klosterschwester, die mit der donnernden Stimme, auch heraus in den Schnee gekommen. »Wie du das Tier bestochen hast, Eloisa, würde mich interessieren! Er hört weder auf Ignazia noch auf mich, und dir folgt er aufs Wort!«

»Oh, er erkennt in mir bloß ein verwandtes Gemüt«, meinte Eloisa kichernd. »Verspielt und übermütig! Das muss es sein, liebe Albertina!« Sie schubste die Kinder der Reihe nach über die Schwelle, wo Albertina ihnen die nassen Mäntel und Jacken abnahm. »Zieht die Schuhe aus«, ordnete sie in einem Ton an, der keinen Widerspruch duldete. »Wir stellen sie zum Kamin!« Ihr Blick blieb an Luzys langem Kleid hängen, das unter dem altmodischen Mantel zum Vorschein kam. »In der Mode kommt tatsächlich alles wieder!«, meinte sie.

Eloisa reichte den Kindern dicke, viel zu große Filzpantinen und in denen schlurften sie nun hinter der molligen Schwester her, durch einen hohen Vorraum mit Steinboden, an dessen Wänden uralte geschwärzte Gemälde hingen. Eben wurde eine große Eichentür von innen geöffnet und sie blickten in das verblüffte Gesicht von Ignazia, der dritten Nonne. »Nicht zu glauben!«, rief sie. »Noch drei!«

Und noch bevor einer von ihnen eine Frage stellen konnte, hörten sie eine wohlbekannte Stimme aus dem Hintergrund. »Ach nein! Die Kavallerie kommt, um mich zu retten!«

Bea sah ihnen aus einem Lehnstuhl vor dem Kamin entgegen, an einem Keks knabbernd und Tee schlürfend. Auch sie trug Filzschuhe und der Wollmantel und Hut ihres Therese-Kostüms hingen vor dem Kamin zum Trocknen. »Hier gibt's nicht mal einen Fernseher, könnt ihr euch das vorstellen? Ich meine, sie wollten mir ein *Buch* geben, als mir langweilig wurde!«

»Du Ärmste!«, meinte Livia und schüttelte ungläubig den Kopf. »Sag mal, weißt du eigentlich, dass deine Mutter halb verrückt vor Sorge um dich ist?«

»Geschieht ihr ganz recht!«, sagte Bea. »Warum kann sie nicht *ein Mal* zu mir halten?«

»Moment mal, junges Fräulein!«, sagte Schwester Eloisa und pflanzte sich breitbeinig vor Bea auf.

»Deine Mutter? Ich dachte, du wärst ein Waisenkind, das aus dem Heim ausgebüxt ist, weil es so schlecht behandelt wurde?«

»Sie ist Schauspielerin«, erklärte Luzy seufzend. »Die haben das so an sich, dass man ihnen den unmöglichsten Text abnimmt.«

»Wir sind nicht alle so leichtgläubig wie unsere liebe Eloisa hier«, meinte Schwester Albertina. »Eure Freundin sieht schließlich nicht gerade wie Aschenputtel aus! Aber früher oder später hätte sie uns schon erzählt, was los ist.«

»Hier in der Nähe wird ein Film gedreht.« Luzy deutete auf ihr Kostüm, das plötzlich innerhalb der alten Mauern des Klosters viel passender wirkte als Jeans und Pulli, wie Livia und Rollo sie trugen. »Deshalb haben wir auch diese komischen langen Kleider an.« Ihr Blick fiel auf die bodenlange Schwesterntracht und sie fügte hastig hinzu: »Nicht, dass ich was gegen lange Kleider hätte, aber sie sind eben etwas … unpraktisch …«

»Was glaubst du, mein Kind«, flüsterte Eloisa ihr zu, gerade laut genug, dass Albertina es auch noch hören konnte, »wie oft ich mit Albertina gestritten habe, uns zumindest für die Gartenarbeit Hosen zu besorgen! Es sieht uns doch ohnehin keiner … Aber sie ist stur wie ein alter Maulesel, die gute Albertina!«

»Der Herr sieht alles, liebe Eloisa«, erklärte gelassen der Maulesel.

»Entschuldigen Sie«, sagte Luzy, »aber ich glaube, wir sollten schnell Bescheid sagen, dass es unserer Freundin gut geht ...« Sie tastete nach ihrem Handy, dann fiel ihr wieder ein, dass sie ja keins mehr hatte. Ob sie wohl danach fragen sollte? Aber dafür wartete sie lieber einen besonders günstigen Moment ab. »Livia, kannst du ...?«

Livia stand bereits mit dem Telefon in der Hand da, schüttelte aber den Kopf. »Kein Empfang«, sagte sie und blickte fragend zu Schwester Albertina auf, die so eine Art Chef-Status zu haben schien. »Gibt es hier ein Festnetztelefon?«

»Natürlich haben wir ein Telefon«, antwortete Eloisa empört, bevor Albertina etwas sagen konnte. »Wir sind ja bloß im Kloster, nicht in der Steinzeit!«

»Ja, natürlich«, sagte Livia entschuldigend. »Tut mir leid.«

»Eloisa!«, sagte Albertina strafend. »Es schneit doch immer noch!«

»Ja, richtig«, gab die stämmige Nonne kleinlaut zu. »Bei starkem Regen oder Schneefall funktioniert das Telefon leider nicht.«

Ignazia, die offenbar die schweigsamste der drei Schwestern war, räusperte sich jetzt und meinte: »Wäre es nicht an der Zeit, uns bekannt zu machen?

Ich bin Schwester Ignazia, das hier sind Schwester Eloisa und unsere Schwester Oberin Albertina.« Ignazia war groß und hager und ihre Haltung leicht vornübergebeugt. Als sie jetzt auf Bea in ihrem gepolsterten Sessel herabblickte, musste Livia an den schiefen Turm von Pisa denken. »Eure Freundin Therese Hartmann haben wir ja schon kennengelernt. Und wie heißt ihr?«

»Therese Hartmann?«, fragte Livia fassungslos.

Bea zuckte nur mit den Schultern. »War das Erste, was mir einfiel.«

Luzy holte tief Luft. »Das arme Waisenkind dort drüben heißt Beatrice Arendt. Ihre Mutter ist Sophie Arendt, die bekannte Schauspielerin.« Sie bekam von Livia einen Knuff in die Seite. »Ach so, Sie gehen ja wohl nicht so oft ins Kino. Also ich bin Luzia Hartmann, das ist meine Schwester Livia und das dort drüben ...« Rollo hatte sich vor das Feuer gehockt und schob mit einem Schürhaken fachmännisch die glühenden Scheite zurecht. »Das ist Rollo ... ich meine Roland Payer. Wir gehen alle in Löwenthal zur Schule und wohnen auch dort, außer Rollo, der ...«

»Christians Sohn!«, strahlte Schwester Albertina. »Na, endlich lernen wir dich mal kennen! Lass dich anschauen, mein Junge!« Rollo sah sich überrascht um und errötete natürlich sofort über beide Ohren, als alle drei Ordensschwestern ihn nun beäugten, als wäre er ein besonders interessantes Zootier. »Wie oft habe ich ihm gesagt, er möge dich doch mal mitbringen!«

»Du siehst ihm sehr ähnlich, deinem Vater, wir hätten von selber draufkommen können!«

»Also wirklich, warum hast du dich vorher noch nie blicken lassen? Ist dir wohl zu langweilig hier mitten im Wald mit drei alten Frauen, na ja, kann man auch verstehen …«

»Eloisa!«, unterbrach Albertina die andere Nonne mahnend.

»Was denn? Man wird ja wohl noch fragen dürfen?«

»Ehm … ich wäre schon mal mitgekommen«, stotterte Rollo. »Aber mein Vater wollte das nie.«

»Papperlapapp!«, unterbrach Eloisa ihn. »Warum sollte er das nicht wollen? Wir sind doch alte Freunde, er ist fast jeden Tag hier gewesen, als damals deine Mutter gestorben ist, Gott hab sie selig, und wir haben ihm Mut gemacht, er wusste ja nicht, wie er das alleine mit einem kleinen Kind …«

»Eloisa!«, unterbrach Albertina erneut. Sie war untersetzt, aber nicht so rundlich wie Eloisa. Livia fand, sie wirkte eher wie ein Bodybuilder in Nonnentracht, und die donnernde Stimme passte gut zu ihrer kraftvollen Erscheinung. »Wann wirst du lernen, dein Mundwerk unter Kontrolle zu halten?«

Ignazia schüttelte nur missbilligend den Kopf, setzte sich in einen hohen Ohrensessel neben dem riesigen Bücherregal, nahm eine formlose, braune Handarbeit aus einem Weidenkorb und begann zu stricken.

Albertina sah mitleidig zu Rollo, der verwirrt zurückstarrte.

»Er ist fast jeden Tag hier gewesen, damals?«, fragte er. »Das hat er mir nie erzählt.« Rollo senkte den Kopf und fügte leise hinzu: »Er redet überhaupt nie über Mamas Tod oder die Zeit danach.«

Albertina führte Rollo zu dem niedrigen Tisch am Feuer, an dem auch Bea in ihren Sessel gekuschelt saß. »Eloisa, würdest du dich bitte nützlich machen und unseren jungen Gästen Tee und Kekse bringen?«

Eloisa eilte mit schuldbewusstem Gesicht hinaus, offensichtlich ganz froh, vorübergehend außerhalb Albertinas Reichweite zu sein. Luzy und Livia teilten sich einen der riesigen samtbezogenen Polstersessel neben dem von Bea, Albertina nahm in dem anderen Platz. Rollo hockte jetzt im Schneidersitz auf dem Teppich vor dem Kamin. »Neulich wollten Luzy und ich hierherkommen und Sie etwas fragen«, sagte er. »Wegen Therese von Theurenbach, einer Frau, die hier so vor hundertzwanzig Jahren ihren Lebensabend …«

»Ja, ja«, unterbrach Albertina ihn. »Ich weiß schon, wer Therese von Theurenbach ist. Warum seid ihr doch nicht hergekommen?«

»Ähm …« Rollo errötete und er und Luzy wechselten einen Blick. »Weil … mein Vater hat mir verboten, Ihnen damit auf den Wecker zu fallen.«

»Er wollte wohl nicht, dass du erfährst, wie schlecht es ihm damals ging«, sagte die Schwester sanft. »Und wenn Eloisa nicht so ein vorschnelles Mundwerk hätte …« Sie zuckte mit den Achseln. »Aber vielleicht ist es ganz gut, dass du es weißt. Väter sind nicht immer so stark, wie sie tun. Jeder muss seinen Schmerz irgendwie verarbeiten und ich bin froh, dass wir Christian dabei ein wenig helfen konnten.«

»Ich kann mir das irgendwie nicht vorstellen«, murmelte Rollo. »Mein Vater ist so gar nicht der Typ, der ins Kloster geht … Ich meine … Sie wissen schon, was ich meine …«

Albertina lachte. »Ja, ich weiß, was du meinst. Und da hast du wohl auch recht. Unser erstes Zusammentreffen war zufällig. Ich war draußen Pilze suchen, er hatte weiter unten am Bach gefischt.«

»Oh, verstehe.« Rollo begann wieder, mit dem Schürhaken zu hantieren, obwohl die Scheite bereits perfekt angeordnet waren. »Und kommt er immer noch …?«, fragte er, ohne aufzusehen. »Ich meine, um … darüber zu reden?«

»Nein, schon lange nicht mehr.« Schwester Albertina lächelte. »Aber er kommt umso öfter, um unseren

Speiseplan mit Saiblingen aufzubessern oder um uns bei Reparaturen und Ähnlichem zur Hand zu gehen. Dein Vater ist ein wahrer Segen für uns.« Rollo nickte, starrte wieder ins Feuer und Albertina schien zu spüren, dass er ein paar Minuten brauchte, um das alles zu verdauen.

Sie wandte sich Luzy und Livia zu. »Ihr wolltet etwas zu Therese von Apsberg fragen? Oder von Theurenbach, wenn euch das lieber ist?«

Livia nickte eifrig. »In dem Film, den wir hier in der Nähe drehen, geht es um sie und ihre Schwester Aurora.«

»Wohl eher um Aurora und sie als um sie und Aurora«, bemerkte Bea bitter. »Wobei Fräulein Luzy Superstar hier die wilde, interessante Aurora spielen darf und ich die langweilige Therese.«

»Aurora hat eben besser zu mir gepasst als Therese, vom Temperament her.«

»Seh *ich* vielleicht aus wie eine Langweilerin?«, biss Bea zurück. »Ich bin mindestens so zickig und launisch wie du!«

»Das stimmt«, antwortete Luzy liebenswürdig. »Mindestens. Aber hast du schon mal dran gedacht, liebste Bea, dass Bert Kehlmann mir vielleicht nicht zugetraut hat, eine Figur zu spielen, die so gar nichts mit meinem eigenen Charakter zu tun hat, dir aber sehr wohl?«

Bea brauchte ein paar Sekunden, um diese Frage durchzudenken, dann erhellte sich ihr Gesicht deutlich. »Das stimmt!«, sagte sie. »Das ist sogar richtig einleuchtend! Schließlich bin ich der Profi von uns beiden!«

Luzy verdrehte die Augen, aber verkniff sich eine Antwort und Livia nahm den Faden wieder auf. »Thereses Schwester Aurora ist doch vor ihrer Hochzeit spurlos verschwunden. Therese hat über ein Jahr verzweifelt nach ihr gesucht, dann plötzlich damit aufgehört, offenbar von einem Tag auf den anderen. Natürlich kann es sein, dass sie damals einfach Beweise für den Tod ihrer Schwester erhielt. Aber eine andere Erklärung wäre, dass sie sie gefunden hat …«

»Ist ja richtig spannend!«, meinte Bea und kicherte. »Da sollte man einen Film draus machen.«

Livia warf ihr einen vernichtenden Blick zu und fuhr fort: »Wir hatten gehofft, vielleicht hier im Kloster einen Hinweis auf Aurora zu bekommen … Wenn sie damals noch lebte, vielleicht hat sie ihrer Schwester hierher geschrieben oder …« Livia zuckte mit den Schultern. Sie wusste ja selbst nicht ganz genau, was sie sich hier erwartete.

»Ich fürchte, da muss ich euch enttäuschen«, meinte Albertina. »Als Gräfin von Apsberg hierher ins Cäcilienkloster kam, lag der Vorfall mit ihrer Schwester schon viele Jahrzehnte zurück. Ich weiß auch nichts von einem Briefwechsel, habe allerdings auch nie nachgeforscht. Ich könnte euch höchstens das Grab bei uns im Klosterfriedhof zeigen …«

»Oh, ich glaube, das kennen sie schon«, sagte Ignazia und ließ ihr Strickzeug für einen Moment sinken, um in der Tasche ihres Gewandes nach etwas zu suchen.

»Mein Handy!«, rief Luzy begeistert und errötete im nächsten Moment, als ihr klar wurde, dass sie soeben Einbruch und Besitzstörung zugegeben hatte. »Es war nur«, sagte sie schuldbewusst, »weil wir uns doch nicht erwischen lassen durften, wegen Rollos Vater …« Sie streckte die Hand nach dem Handy aus, doch Ignazia zog ihre wieder zurück. »Ich schlage einen Tauschhandel vor«, meinte sie vielsagend. Luzy brauchte einen Augenblick, doch dann kapierte sie, sprang auf und lief zu dem Stuhl am Kamin, über den Albertina all ihre nassen Kleider gelegt hatte. Sie fand ihren Anorak, griff in die Tasche und holte triumphierend den schmiedeeisernen Schlüssel hervor.

»Du hast einen Schlüssel geklaut?«, fragte Livia ungläubig.

»Bloß irrtümlich«, beeilte sich Luzy zu versichern. »Immerhin war ein Werwolf hinter uns her.«

»Ja, unser Luzifer«, meinte Schwester Albertina mit einem kleinen Lächeln, »er ist ganz schön Furcht einflößend in seinem Übermut.«

Luzifer, der zuvor mit Schwester Eloisa hereingetrottet war und sich ganz sittsam neben Rollo am Feuer zusammengerollt hatte, hob aufmerksam den Kopf, als sein Name genannt wurde. Ganz automatisch begann Rollo, immer noch in Gedanken, den Hund zu kraulen, der ihm vor Kurzem noch einen solchen Schrecken eingejagt hatte. Albertina erhob sich von ihrem Sessel und half Eloisa, die eben den Raum mit einem Tablett wieder betrat, Teetassen auf dem niedrigen Tisch zu verteilen. »Wenn ihr das Grab schon kennt«, sagte sie, »dann kennt ihr jedenfalls alles, was von Therese noch übrig ist. Abgesehen von unserem Teleskop, natürlich.«

»Ein Teleskop?«, fragte Livia fasziniert. »Hier, im Kloster?«

»Oh ja. Es stammt aus dem Jahr 1874 und ist noch voll funktionstüchtig. Therese von Apsberg hat es dem Kloster gespendet, eine von vielen wertvollen Schenkungen. Sie war zeit ihres Lebens die größte Mäzenin des Cäcilienklosters.«

»Zeit ihres Lebens?«, hakte Livia sofort nach. »Also nicht erst, als sie hier im Kloster lebte?«

»Oh nein. Sie hat das Fundament für die wissenschaftliche Bibliothek von Sankta Cäcilia gelegt, im neunzehnten Jahrhundert die bestsortierte ihrer Art hier in der Gegend.«

»Eine wissenschaftliche Bibliothek?« Livia schien

plötzlich so unter Hochspannung zu stehen, dass Luzy sie verwundert ansah.

Schwester Albertina lachte gutmütig. »Allerdings. Hier wurde nicht nur gebetet. Und weil Frauen Mitte des neunzehnten Jahrhunderts der Zugang zu den Universitäten noch verwehrt war, war das Kloster eine der wenigen Möglichkeiten für wissenshungrige junge Damen, sich weiterzubilden.« Livia sah Luzy an und rammte ihr den Ellbogen in die Seite.

»Au, was soll das?«, zischte Luzy, doch Livia lauschte nur atemlos weiter dem, was Schwester Albertina erzählte.

»Unsere Schwester Innocencia zum Beispiel, Gott hab sie selig, war sogar fast so etwas wie eine Berühmtheit. Ihr Spezialgebiet war die Astronomie – sie stand in einem regen Briefwechsel mit den größten Astronomen ihrer Zeit und war stark beteiligt an der Ausarbeitung eines Systems zur Klassifizierung von Sternen.«

»Wahnsinn!«, hauchte Livia.

»Aufgrund ihres kirchlichen Standes verzichtete sie auf jede Erwähnung in der Fachliteratur. Doch ihr Leben war der Wissenschaft geweiht – und Gott natürlich«, fügte Albertina mit einem kleinen Lächeln hinzu. »In dieser Reihenfolge.«

»Wie hieß sie noch mal? Die Astronomin?«

»Schwester Innocencia.«

»Das ist doch die in dem anderen Grab!«, entfuhr es Luzy eher respektlos.

Livia sah ihre Schwester einen Moment lang an, dann schlug sie sich auf die Stirn. »Das andere Grab!«, rief sie. »Natürlich! Du hast es erwähnt und ich habe nicht drauf geachtet und es wieder vergessen. Die ganze Zeit über wusste ich, dass ich etwas Wichtiges übersehe! Dabei war es die ganze Zeit da! Genau wie Helena!«

»Die Kröte? Was hat die denn damit zu tun?« Luzy sah sie verständnislos an, Bea noch verständnisloser und Rollo schien sich überhaupt jetzt zum ersten Mal wieder für die Unterhaltung zu interessieren, seit es sich nicht mehr um ihn und seine Eltern drehte.

»Sie waren die besten Freundinnen«, schaltete sich jetzt erstmals wieder Eloisa ein, »wenn man den Geschichten, die im Kloster weitergegeben werden, glauben darf. Nicht wahr, Albertina? Deshalb wurden sie auch nebeneinander bestattet. Sie waren unzertrennlich in ihren letzten Jahren, starben auch kurz nacheinander, die guten Seelen …«

Livia wandte sich mit glühenden Wangen wieder an die Schwestern. »Gibt es im Kloster so etwas wie ein Register mit allen Namen – aus dem man ersehen kann, wer wann in das Kloster eingetreten ist?«

»Aber natürlich haben wir so etwas.« Albertina stand auf und lächelte auf Livia herab. »In der Bibliothek. Hier entlang.« Ignazia blickte nur kurz von ihrer Strickerei auf, rührte sich aber nicht vom Fleck. Eloisa hingegen flatterte wie ein schwergewichtiges Vögelchen vor den Kindern her, die von Albertina geführt das Wohnzimmer durchquerten und durch eine weitere schwere Holztür den angrenzenden Raum betraten.

Aufgedeckt

»Wahnsinn«, sagte Livia wieder ehrfürchtig, als Albertina das Licht aufdrehte. Der Raum war nicht besonders groß, aber sehr hoch, mit nur einem Fenster an einer Schmalseite. Vor dem Fenster standen ein altmodischer Sekretär mit geschlossenem Rollladen und ein dazu passender, unbequem aussehender Schreibtischstuhl aus Holz. Die drei anderen Wände der Bibliothek waren zur Gänze mit Bücherregalen verbaut, vom Boden bis zur Decke – nur an einer Breitseite war etwas Platz für einen Kamin ausgespart worden und an einer Schmalseite die Tür, durch die sie hereingekommen waren. Verschiebbare Leitern, mit denen man auch die Bücher nahe der Zimmerdecke erreichen konnte, lehnten an den Regalen. Aber Schwester Albertina ging an den Bücherregalen vorbei direkt auf den Schreibtisch zu, öffnete den Rollladen und deutete auf ein Buch, groß und dick wie Jonas' naturwissenschaftliche Wälzer, die zu Hause im Arbeitszimmer standen, aber viel älter, mit einem abgegriffenen, ehemals dunkelroten, nun beinahe schwarz wirkenden Ledereinband. »Das Kloster wurde Ende des siebzehnten Jahrhunderts gegründet«, erklärte sie. »Über die ersten hundert Jahre gibt es kaum Aufzeichnungen, aber das neunzehnte Jahrhundert ist schon sehr gut dokumentiert.« Alle vier Kinder und Schwester Eloisa lugten über ihre Schulter, als sie das Buch aufschlug. Hier gab es tatsächlich in altmodischer Handschrift, zierlich und kunstvoll, Listen von Namen, Daten und Orten.

»Achtzehnhundertdreißig«, fragte Livia aufgeregt, »wie viele Novizinnen sind da eingetreten?«

Albertina setzte die Halbbrille auf, die an einem Kettchen um ihren Hals baumelte, und blätterte. Irgendwann hatte offenbar eine andere Nonne die Aufgabe des Buchführens übernommen, denn von einer Seite zur nächsten wurde die Schrift weicher, runder, großzügiger. »Hier haben wir es. Sechs Neuzugänge.« Feuchtigkeit und Alter hatten das Papier gezeichnet, die Schrift war an manchen Stellen verschmiert und fast unleserlich. Livia fuhr die Namen entlang. »Ich wusste es!«, rief sie triumphierend aus. »Hier steht Innocencia! Kein bürgerlicher Name, nur der Name, den sie hier im Kloster bekam!«

»Das ist seltsam«, meinte Albertina. »Spricht dafür, dass sie unter ungewöhnlichen Umständen hier im Kloster unterkam und es Gründe für Diskretion gab, die über das Normalmaß hinausgingen.«

Livia war so aufgeregt, dass ihre Stimme sich beinahe überschlug. »Sie kam im Mai achtzehnhundertdreißig! Nicht nur in dem Jahr, sondern sogar in dem Monat, in dem Aurora verschwand! Und das Geburtsjahr ist auch dasselbe!« Sie drehte sich strahlend zu den anderen um. »Aurora von Theurenbach ist Schwester Innocencia!«

»Therese hat sie hier gefunden!«, sagte Luzy ehrfürchtig. »Und nie ein Sterbenswörtchen darüber verloren!«

»Sie hat das Kloster nicht deshalb zeitlebens so großzügig unterstützt, weil sie so gläubig war …« Livia unterbrach sich und fügte mit einem entschuldigenden Blick in Richtung Albertina hinzu: »Oder zumindest nicht *nur* deshalb, sondern weil sie die Träume ihrer Schwester verwirklichen wollte!«

»Sie hat ihr eine Bibliothek eingerichtet«, staunte Rollo. »Und ihr ein Teleskop gekauft. Mann. Klasse Schwester.«

»Deshalb wird Aurora plötzlich nicht mehr in den Briefen erwähnt. Therese hatte sich nicht mit ihrem Tod abgefunden, sie hatte wieder Kontakt zu ihr!«

»Und selbst hier im Kloster haben sie ihr Geheimnis offenbar eisern gewahrt«, meinte Schwester Albertina mit hörbarer Verwunderung. »Sonst hätte ich bestimmt davon gewusst. Auch unter Nonnen gibt's nämlich genug Plaudertüten.« Sie warf einen sehr eindeutigen Blick in Richtung Eloisa, die den ihren sofort schuldbewusst senkte.

»Der letzte Eintrag in einem Brief Thereses an ihren Vater lautete *Ich weiß, Gott sorgt für sie*«, sagte Livia, mehr zu sich selbst.

»Sie war nicht tot, sie war in einem Kloster«, dachte auch Luzy laut. »Und die Grabsteininschrift!«, fügte sie hinzu. »Therese starb als Erste und Aurora ließ auf ihren Grabstein schreiben: *Du treues Herz*! Weil ihre Schwester nicht nachließ, bis sie sie gefunden hatte! Und dann immer zu ihr hielt und sie unterstützte!«

»Was stand nochmal auf dem anderen Grab?«, fragte Rollo stirnrunzelnd. »Auf dem von Aurora?«

»Weiß nicht mehr«, meinte Luzy. »Irgendwas Lateinisches.«

»*Anima libera est*«, kam von der Tür her die Stimme Ignazias.

Alle fuhren erschrocken herum.

»Ignazia!«, schimpfte Eloisa. »Einen Herzinfarkt könnte man kriegen, wenn du hier so rumschleichst wie Dracula!«

»*Anima libera est*«, wiederholte Livia. »Die Seele ist

frei.« Sie sah zu Ignazia, die zustimmend lächelte. »Aurora muss den Text noch selbst bestimmt haben. Im Leben war sie nicht frei zu entscheiden. Sie musste ins Kloster flüchten, um studieren zu können.«

»Ihr habt das Geheimnis also gelüftet«, meinte Ignazia. »Ich gratuliere.«

»Du … du hast es gewusst?«, fragte Albertina verblüfft. »Wie bist du draufgekommen?«

»Neugier«, antwortete Ignazia vage und lächelte zum ersten Mal. »Intuition. Göttliche Fügung. Irgendso was oder alles davon.«

»Also, wenn ich das alles jetzt richtig verstanden habe«, meldete sich nun Bea zu Wort, die die ganze Zeit über ungewohnt still gewesen war, »dann hatte die echte Aurora es ihrer Schwester zu verdanken, dass sie das tun konnte, was sie wollte.«

»Ja«, sagte Livia zu ihr. »Ich denke schon die längste Zeit, dass Therese mindestens genauso interessant ist wie Aurora.«

»Und zwar nicht nur die echte Therese, auch die Film-Therese«, schaltete Luzy sich ein. »Im Film ist es doch Therese, die Aurora zur Flucht verhilft! Sie legt eine falsche Spur für den wütenden Bräutigam und am Schluss vermittelt sie zwischen Aurora und dem Vater!«

»Das stimmt«, sagte Bea und wirkte richtig ergriffen. »Therese ist die wahre Heldin.«

Livia und Luzy wechselten einen Blick und grinsten. Bea war dabei, ihre Rolle so richtig lieb zu gewinnen, das konnte man sehen.

»Sie müssen sich unglaublich nahegestanden haben«, meinte Ignazia. »Es ist schön zu wissen, dass sie ihren Lebensabend gemeinsam verbringen durften, nicht wahr?«

»Die beiden Schneeflocken«, flüsterte Luzy. »Sie konnten gar nicht anders, als einander nah sein, so verschieden sie auch waren.«

Ein unterdrücktes Quieken unterbrach die beinahe feierliche Stille. »Ich will nach Hause«, schluchzte Bea. »Können wir bitte nach Hause fahren?«

»Eine *Straße* führt hierher?«, fragte Luzy ungläubig, als sie in Christian Payers uraltem Geländewagen über die tief verschneite Zufahrt holperten.

»Ja, sicher«, meinte Christian Payer verblüfft. »Es ist eine Privatstraße und das Benutzen nicht jedem gestattet, aber wie sollten die Schwestern sonst einkaufen fahren oder Besuche machen?«

Luzy wandte sich Rollo zu. »Aber wieso hast du mich dann … Aua!« Rollo hatte ihr seinen Ellenbogen in die Seite gerammt.

»Hätte euch jemand erwischt, hättet ihr sagen können, ihr seid zufällig über das Kloster gestolpert«, flüsterte Livia. »Ist doch klar.«

Ist doch klar, wollte Luzy ihre Schwester eigentlich nachäffen, aber es war ein langer Tag gewesen und Livia hatte ja recht, das merkte sie schon daran, wie erleichtert Rollo jetzt nickte. Richtig. Sein Vater hatte ja nicht gewollt, dass er die Nonnen besuchte. Wenn Luzy und er über die als »Privat« gekennzeichnete Zufahrtsstraße gekommen wären, hätten sie wohl kaum eine Absicht dahinter leugnen können.

Die drei saßen eng aneinandergequetscht auf der harten Rückbank des Autos, den Beifahrersitz hatten sie Bea überlassen, die fast sofort eingeschlafen war. Es war noch nicht mal acht, aber auch Luzy begann langsam, eine bleierne Müdigkeit zu spüren. Kein Wunder, es war ein verdammt aufregender Tag gewesen, und obwohl sie Aufregungen liebte, war sie doch froh, dass sie heute nicht auch noch Erfahrungen im nächtlichen Schneeschaufeln hatte sammeln müssen.

Schwester Albertina hatte nämlich gerade beschlossen, das offizielle Klostergefährt, einen uralten VW Käfer, aus der Garage zu holen, um die Kinder heimzubringen, da ließ endlich der Schneefall nach und das Festnetztelefon der Schwestern funktionierte wieder. Rollo rief seinen Vater an, der schon zu Hause war und sich sofort ins Auto setzte, um die Kinder abzuholen. Sein Haus lag dem Kloster am nächsten und außerdem war er der Einzige, der den

Weg genau kannte. Sie erreichten weder Sophie noch Opa Franz, die sich offenbar gerade in einem Funkloch befanden, aber Livia erzählte Letti, was passiert war, und die versprach, es weiter auf dem Handy ihres Vaters und dem von Beas Mutter zu versuchen.

»Papa«, sagte jetzt Rollo, der seit der Ankunft seines Vaters sehr still gewesen war.

»Ja?«

»Wenn du mal wieder ins Kloster fährst, um für die Schwestern was zu erledigen ...« Er holte noch mal Luft und den beiden Mädchen entging der Blick nicht, den Vater und Sohn über den Rückspiegel tauschten. »... dann würde ich gerne mitkommen und dir helfen. Ich finde nämlich, wir schulden ihnen was. O.k.?«

Noch so ein Blick. Luzy drückte Livias Hand.

»O.k.«, sagte Rollos Vater.

»O.k.«, wiederholte Rollo. Es klang sehr zufrieden.

»Jo hat vier Mal angerufen«, flüsterte Livia, als sie auf der Hauptstraße waren und ihr Handy endlich wieder Empfang hatte. »Ich habe so eine Ahnung, dass das nichts Gutes bedeutet.«

»Ach was«, meinte Luzy. »Wahrscheinlich hat er nur ein geniales neues Rezept für Apfel-Zimt-Muffins entdeckt und wollte das unbedingt sofort loswerden ...«

»Na hoffentlich hast du recht«, seufzte Livia. »Ich hatte nämlich für heute genug Aufregung.«

In diesem Augenblick leuchtete das Fernlicht eines entgegenkommenden Wagens auf und Christian Payer hielt sich die Hand schützend vor die Augen und trat auf die Bremse. »Was zum Geier ...«, fluchte er, als der Geländewagen auf der noch nicht geräumten Fahrbahn schlitterte und dann zum Stehen kam.

»Was ist?«, fragte Bea, die durch das Manöver unsanft geweckt worden war. Das andere Auto hatte ebenfalls gebremst und jetzt erkannten die Zwillinge auch, dass es der Kombi ihrer Großeltern war. Noch bevor er ganz zum Stehen kam, flog die Beifahrertür auf und für einen Augenblick dachten die Zwillinge, es sei Letti, die da durch den Schnee auf die Payer'sche Rostlaube zugelaufen kam. Einen weiteren Augenblick später rief Bea: »Mama!«, und sprang ebenfalls aus dem Auto. Die beiden umarmten einander im Scheinwerferlicht der beiden abgestellten Wagen, umtanzt von den letzten Schneeflocken des Tages.

»Was für eine Szene«, flüsterte Luzy.

»Nicht zu übersehen, dass die beiden beim Film sind«, stimmte Livia zu.

»Mann«, sagte Rollo und schüttelte den Kopf.

Opa Franz stieg aus und machte eine entschuldigende Geste der Hilflosigkeit in Christian Payers Richtung, aber der grinste nur und winkte ab.

Als Sophie Bea wieder losließ und sich zu ihnen umdrehte, hatte sie Tränen in den Augen. Bea hing an ihr, als wäre sie grade mal vier Jahre alt, und als Sophie auf Franz Mayers Auto deutete, trabte sie ohne Widerspruch los und stieg ein. Christian Payer war ebenfalls aus dem Wagen gestiegen und nun kam Sophie auf ihn zu und streckte ihm die Hand entgegen. »Ich weiß, Sie mögen mich nicht besonders«, sagte sie. »Aber bedanken darf ich mich doch, oder?«

»Sie sehen irgendwie anders aus«, meinte Christian Payer, ohne auf ihre Frage zu antworten.

»Rote Haare, kein Make-up, nahe am Nervenzusammenbruch«, fasste Sophie zusammen.

»Steht Ihnen«, sagte Rollos Vater. Und bevor Sophie sich davon erholen konnte, dass Christian Payer ihr so was wie ein Kompliment gemacht hatte, fügte er hinzu: »Und übrigens bin ich nur der Chauffeur. Rollo und die Mädels haben Bea gefunden.«

»Ich will bloß noch in die Badewanne und ins Bett«, stöhnte Luzy, als sie endlich nach Löwenthal einbogen. Sie hatten Bea und Sophie noch bei deren Auto am Drehort abgesetzt und ihr Bedarf an großen Gefühlen war für heute gedeckt.

»*Kakao*, Badewanne, Bett«, korrigierte Livia den Ablauf und öffnete die Beifahrertür. Das Erste, was sie sah, war ein blaues Fahrrad, das jemand achtlos neben dem Windfang in den Schnee hatte fallen lassen.

»Oh-oh«, sagte sie. Sie kannte das Fahrrad. Es gehörte Jo.

»Mein Vater hat's rausgekriegt«, schniefte Jo, kaum dass die Zwillinge durch die Küchentür waren und es war deutlich zu sehen, dass er heute schon jede Menge geheult hatte. »Er hat gesagt, ich darf nie mehr in den Kochkurs gehen, ich muss in das blöde technische Werken und ich darf auch zu Hause nie mehr kochen, hat er gesagt, und das ganze Wochenende muss ich ihm in seiner stinkigen Werkstatt helfen und lernen, wie man Reifen wechselt, und ich darf nicht mal mehr am Sonntag Kuchen backen.« Er unterbrach seinen Redestrom, um sich mit einem Stück Küchenrolle, das Letti ihm reichte, die Nase zu putzen.

»Ach, Jo«, seufzte Livia und setzte sich neben ihn.

»Ach Jo«, sagte Luzy, setzte sich an seine andere Seite und legte den Arm um ihn.

Jo schluckte und sah von einer zur anderen. »Wo ich doch bloß kochen will«, sagte er und heulte erneut los.

Die Zwillinge erfuhren, dass Theo Waiglein in Löwenthal gewesen war, um den Reisebus der Schule zur Routineinspektion abzuholen. Herr Mönch, der Portier, hatte ihm wie immer die Schlüssel übergeben und war dabei ins Schwärmen gekommen – Frau Antoni hatte ihn ein paar Tage zuvor eingeladen, die neuesten Ergebnisse des Kochkurses zu verkosten, und er konnte gar nicht genug betonen, dass die Mohntorte von Waiglein junior das absolute Highlight gewesen war. Den Rest konnte man sich denken.

Zu Hause hatte Theo Waiglein nicht nur Jo zur Schnecke gemacht, sondern auch dessen Mutter, die ihre Einwilligung zu diesem »ausgemachten Schwachsinn« gegeben und den Jungen die ganze Zeit gedeckt hatte. Zwar hatte Albine Waiglein sich ihrem zornigen Ehemann gegenüber unerwartet standhaft gezeigt, aber Jo hatte die Erfahrung gemacht, dass sein Vater sich letztlich immer durchsetzte, wenn er überzeugt war, im Recht zu sein.

Jo war auf sein Zimmer geschickt worden, hatte aber das Gebrüll seines wütenden Vaters bis hinauf gehört und es nicht mehr ausgehalten, sondern sich kurzerhand hinuntergeschlichen und sein Fahrrad aus der Garage geholt.

»Ich geh nie mehr nach Hause«, schluchzte er jetzt. »Mein Vater versteht mich einfach nicht. Ich will keine blöden stinkigen Autos zerlegen. Ich will Saucen komponieren und Soufflés zaubern! Ich will mit Jos Schokokuchen die Welt erobern und nicht mein halbes Leben ölverschmiert unter einem Kombi liegen!«

Letti blieb bei dieser blumigen Beschreibung nur mit Mühe ernst. »Ach Jo«, seufzte auch sie. Sie selbst hatte ja gar nichts dagegen, ab und zu ölverschmiert unter einem Auto zu liegen, aber sie wusste nur zu gut, dass Leidenschaften sich nicht auf andere übertragen ließen. Ihre Mutter war bestimmt nicht glücklich damit gewesen, dass Letti Rennen fahren wollte, unterstützt hatte sie sie trotzdem. Etwas, das Theo Waiglein hoffentlich noch lernen würde. »Was machen wir nur mit dir?«

»Er kann ja zu uns ziehen!«, schlug Luzy vor.

»Ja«, stimmte Livia zu. »Oma gewährt Jo bestimmt politisches Asyl!«

Die Mutter der Zwillinge ließ nur einen neuerlichen Seufzer hören. »Ich fürchte, damit lösen wir das Problem auch nicht wirklich«, erklärte sie. Und jetzt muss ich erst mal bei dir zu Hause anrufen.« Jo wollte widersprechen, aber Letti ließ ihn gar nicht zu Wort kommen. »Denk nur, was deine Mutter sich für Sorgen macht, wenn sie merkt, dass du nicht da bist!«

Jo klappte seinen Mund wieder zu und nickte nur.

Luzy konnte es kaum ertragen, ihren immer fröhlichen Freund so niedergeschlagen zu sehen. »Morgen komme ich mit zu dir«, kündigte sie grimmig an. »Und dann wird dein Vater sich aber wundern, was er zu hören bekommt, dieser gemeine Kerl!«

»Luzy!«, mahnte Oma Rosmarie. »Das hilft keinem.«

»Ja, das fürchte ich auch«, meinte Letti. »Ich werde gerne versuchen, noch mal mit deinem Vater zu reden, Jo, wenn er sich ein wenig beruhigt hat. Aber sonst fällt mir leider auch nicht viel ein, was wir noch tun können.«

»Luzy? Schläfst du schon?«

»Ja.«

»Witzig. Kann ich reinkommen?«

»Sicher.«

Albine Waiglein hatte ihren Sohn vor einer halben Stunde abgeholt und die Mädchen waren so todmüde gewesen, dass sie vom ursprünglichen Plan abgewichen und nach Oma Rosmaries Kakao direkt in ihre Zimmer verschwunden waren.

Livia öffnete die Tür. Ihr Blick fiel sofort auf Luzys Filmkostüm, das ordentlich über einem Kleiderbügel am Griff des Kleiderschrankes hing. Damit war aber auch schon wieder Schluss mit der Ordnung. Livia musste sich ihren Weg durch Schulsachen bahnen, die auf dem Boden verstreut lagen, durch schmutzige und saubere Kleidungsstücke, halbfertige Bilder und Basteleien, ein offenes Fotoalbum, eine leer gegessene Schachtel Kekse und die nicht mehr ganz frischen Reste eines Käsebrotes. Unter dem Bett lugten eine leere Eisteeflasche und eine halb leere Packung Chips hervor. Im Bett selbst lagen drei oder vier Bücher, Mandarinenschalen und die Silberfolie einer Tafel Schokolade. »Mann«, sagte Livia. »Bald werden wir einen ausgebildeten Suchhund brauchen, um dich hier drin zu finden.«

»Ja, ich mach das auch nur, weil Mama mir sonst keinen Hund kauft.«

Livia grinste und setzte sich auf Luzys Bettkante. »Ganz schön gerissen.«

»Ja, was willst du, ich bin die Schwester eines Superhirns. Ein bisschen was musste da ja für mich auch abfallen.« Sie machte eine kurze Pause und dann fügte sie hinzu: »Ich wär in tausend Jahren nicht draufgekommen, dass Aurora und Innocencia dieselbe Person sind.«

»Ohne dich wär ich auch nicht draufgekommen«, antwortete Livia. »Und wie du Bea so unauffällig verklickert hast, dass sie eigentlich stolz sein muss, die Rolle der Therese zu spielen, das war Diplomatie vom Feinsten.«

»Ja ja, ich geb's zu«, sagte Luzy mit einem sonnigen Lächeln. »Ich bin schon was Besonderes.«

Livia verdrehte die Augen. »Na klar«, sagte sie. »Du bist die Größte.«

»Superhirn und Superstar«, antwortete Luzy und grinste. »Ich finde, wir passen hervorragend zusammen.«

»Na gut.« Livia grinste zurück. »Wenn das so ist, werde ich dich wohl doch nicht umtauschen.« Sie holte tief Luft und fügte hinzu: »Sag mal, wir wollen doch nicht, dass Jo am Ende ins Kloster gehen muss, um in Ruhe kochen zu können …«

»Nein, das wollen wir nicht. Obwohl die drei Schwestern bestimmt nichts gegen einen solchen Küchenchef hätten …«

»Ich hätte da eine Idee und wollte dich fragen, was du davon hältst.«

»Schieß los!«

Livia holte tief Luft. »Na ja. Ich finde, wir sollten Jos Vater zum Essen einladen.«

Luzy sah sie fassungslos an. »Du hast sie wohl nicht alle!«, schnaubte sie empört und plötzlich wieder putzmunter. »Den alten Diktator? Ich werde höchstens Essbares nach ihm *werfen*, wenn ich ihn sehe!«

»Jetzt reg dich ab und hör mir erst mal zu …«

Ein paar Minuten später saß Luzy kerzengerade mit leuchtenden Augen im Bett. »Du bist ja *doch* genial!«, sagte sie. »Das machen wir! Und ich hab nächste Woche drehfrei, da bleibt uns genügend Zeit zum Vorbereiten.«

Livia gähnte. »Also dann«, sagte sie und stand vom Bett auf. »Den Rest besprechen wir morgen.« Sie legte den Hindernislauf erneut, diesmal in der anderen Richtung zurück. »Schlaf gut, Superstar.«

Luzy gähnte und schaltete ihre Nachttischlampe aus. »Du auch, Superhirn. Machst du bitte noch das große Licht aus?«

»Klar.« Livia drückte auf den Lichtschalter und das Zimmer wurde dunkel, nur der Mond schien durch die offenen Vorhänge.

»Ist noch was?«, fragte Luzy, als Livia nach ein paar Sekunden immer noch regungslos neben der Tür stand.

»Ja, ich ... ich wollte dich noch was fragen.«

»Klar.« Luzy gähnte erneut. »Aber mach schnell, sonst schlaf ich vorher ein.«

»Wie hast du das heute gemacht in deiner großen Szene? Mit den Tränen?«

»Hab ich doch gesagt. An was Trauriges gedacht.«

»Ehrlich? Woran denn?«

»Ich hab mir vorgestellt, wir beide würden getrennt, so wie Aurora und Therese.«

Livia schluckte. »Was? Wirklich?«

»Nein, Blödsinn. Ich hab mir vorgestellt, Oma findet ihr Blaubeerkuchen-Rezept nicht mehr und wir kriegen nie wieder Blaubeerkuchen.«

»Doofe Nuss.«

»Nein, in Wirklichkeit hab ich mir vorgestellt, ich bin für den Oscar nominiert und jemand anderes kriegt ihn.«

»Schon gut, ich hab's kapiert.«

»Aber nein, alles Blödsinn. Ich hab mir vorgestellt, dass Jason Mercks mir einen Antrag macht und dann Bea heiratet.«

»Gute Nacht, Luzy …«

»In Wahrheit hab ich mir vorgestellt …«

Leise schloss Livia die Tür hinter sich.

»Hallo, Schatz.« Letti kam gerade aus der Küche. »Hat das Lächeln einen bestimmten Grund?«

»Lächeln?«

»Ja, du musst gerade an was Schönes gedacht haben.«

»Ja, schon«, sagte Livia und ihr Lächeln wurde breiter. »An Omas Blaubeerkuchen.«

ÜBERRASCHUNG!

»Es ist so ruhig hier«, sagte Sophie, als sie, ausnahmsweise nicht unangemeldet, sondern ganz offiziell zum Kaffee eingeladen, in die Mayer'sche Küche trat. Sie trug Jeans und Pulli und war kaum geschminkt – offenbar hatte der Charakter der Rolle auf sie abgefärbt. Ihre immer noch ungewohnt roten Haare waren zum Pferdeschwanz gebunden.

»Ja«, sagte Letti und legte zwei Stück Marmorkuchen auf Dessertteller. »Und das, du wirst es nicht glauben, obwohl Luzy und Bea im Haus sind – und sogar im selben Zimmer. Sie bereiten sich gemeinsam auf ihre letzten Szenen vor.«

»Bin ich froh, dass mit dieser dämlichen Rivalität endlich Schluss ist. Auf einmal ist Bea sogar richtig glücklich mit ihrer Rolle – sie hat mir erklärt, die Therese sei die eigentliche Hauptrolle und mich getröstet, weil ich ›nur‹ die Aurora spielen darf.«

Letti lachte. »Ja, da haben wohl die echten Theurenbach-Schwestern eure Drehbuchwahrheit ein bisschen durcheinandergebracht.«

»Scheint so. Find ich toll, dass Livia herausgefunden hat, was wirklich passiert ist, nach all den Jahren. Wo ist sie eigentlich? Doch wohl kaum bei unseren beiden Minifilmstars?«

»Nein, sie ist mit Rollo und seinem Vater ins Cäcilienkloster gefahren – im Kloster sind wohl ein paar Reparaturen fällig und Livia wollte so gerne in der Bibliothek stöbern.«

Sophie seufzte. »Ich wollte, Bea würde sich ein bisschen mehr für Bücher interessieren. Wenn es nach ihr ginge, würde sie die Schule überspringen und gleich berühmt werden. Nur, dass man in diesem Job eben nie vorhersagen kann, wie es läuft.«

»Für dich läuft es doch sehr gut«, sagte Letti und schenkte Kaffee ein.

»Ja, schon. Aber erstens ist es in der Filmbranche manchmal genauso schnell wieder vorbei, wie es angefangen hat, und zweitens …« Sophie zögerte.

»Und zweitens?«

»Zweitens bin ich mir gar nicht sicher, ob ich Bea so ein Leben wünschen soll. Eine Schauspielkarriere *und* ein glückliches Familienleben zu haben, das schaffen nur die wenigsten.«

»Leider können wir unseren Kindern nicht vorschreiben, womit sie glücklich werden sollen«, meinte Letti.

»Ich weiß, ich weiß.« Sophie ließ den Kopf in die Hände sinken. »Weißt du, Letti, manchmal hab ich das Gefühl, ich mache bei Bea alles falsch. Einmal verwöhne ich sie zu sehr, dann erwarte ich wieder viel zu viel von ihr.« Sophies Augen schimmerten feucht. »Sie wäre nicht davongelaufen, wenn ich neulich nicht so knallhart gewesen, mehr auf sie eingegangen wäre ... Ich meine, sie ist ja noch ein Kind, sie war eifersüchtig – ich hätte das sehen müssen.«

»Ach, Sophie!« Bestürzt sah Letti ihre ehemalige Schulkollegin an. Sophie konnte ziemlich nerven, wenn sie die unwiderstehliche Blondine herauskehrte, aber gerade jetzt war sie einfach nur eine überforderte Mutter und das war etwas, wofür Letti vollstes Verständnis hatte. »Du bist eben auch nur ein Mensch und kannst nicht immer perfekt sein. Aber Bea kommt damit schon klar, mach dir keine Sorgen. Kinder sind stärker, als man glaubt. Man kann ihnen schon ein bisschen was zumuten.«

»Da hat sie bestimmt recht.«

Die beiden Frauen waren so versunken in ihre Unterhaltung gewesen, dass sie bei diesen Worten erschrocken herumfuhren.

»Christian!« Letti stand auf, um Rollos Vater zu

begrüßen. »Du bist aber früh dran! Sophie – Christian – ihr kennt euch ja.«

»Ja … hallo …«

Zu ihrer Überraschung stellte Letti fest, dass die so selbstsichere Sophie errötete, als sie Christian Payer die Hand hinstreckte. »Immer, wenn Sie mich sehen, bin ich ungeschminkt und aus der Fassung«, sagte sie. »Sie müssen einen furchtbaren Eindruck von mir haben.«

»Eigentlich wird mein Eindruck von Ihnen in letzter Zeit besser«, erklärte Rollos Vater und die Röte auf Sophies Wangen vertiefte sich.

Mit steigender Verblüffung merkte Letti, dass Sophie auch ihre Schlagfertigkeit eingebüßt zu haben schien.

»Ich … ich dachte, Sie wären im Kloster? Ich meine … Letti hat gesagt, Sie würden da was reparieren …«

»Stimmt, aber Rollo kriegt die paar Kleinigkeiten auch allein hin, hat er gesagt. Und Livia hat gerade das Teleskop entdeckt und ist sicher noch stundenlang beschäftigt. Also hab ich mir gedacht, ich schau jetzt gleich vorbei, rede mit Franz wegen des Bücherregals und hol die beiden später wieder ab. Komm ich ungelegen?«

»Überhaupt nicht«, sagte Sophie hastig, noch bevor Letti antworten konnte, und wurde tatsächlich noch ein bisschen röter.

»Wo ich Sie hier schon treffe«, sagte Christian, setzte sich und nahm die Kaffeetasse, die Letti ihm hinschob, »könnten Sie mir gleich Ihre Maße sagen.«

»Meine Maße?«, wiederholte Sophie und ihre Gesichtsfarbe wandelte sich von Pink zu einem sehr sonnengereiften Tomatenrot.

»Der Tisch, Sophie«, schaltete Letti sich ein und musste ein Lachen unterdrücken, als sie den vollkommen verwirrten Ausdruck in Sophies Augen sah. »Ich habe Christian noch mal daran erinnert, dass du gerne einen seiner Tische hättest.«

»Einen Tisch?«, fragte Sophie verwirrt, doch dann kapierte sie. »Oh, natürlich, der Tisch.« Sie hatte bei ihrem ersten Besuch nach vielen Jahren den Mayer'schen Küchentisch bewundert und erfahren, dass Rollos Vater den gebaut hatte. Bei ihrem Versuch, mit ihrem üblichen selbstbewussten Star-Charme einen Tisch zu bestellen, hatte Christian sie allerdings eiskalt abblitzen lassen. In der Folge hatte Bea seinen Sohn als Dieb beschuldigt und Sophie hatte Rollo die Polizei auf den Hals gehetzt. Alles Dinge, die nicht unbedingt dazu angetan gewesen waren, Sophies Sympathiewerte bei Christian zu erhöhen. »Aber Sie sagten doch damals, Sie würden keine Bestellungen annehmen.«

»Das hab ich ja damals auch nicht.«

»Oh.«

»Jetzt könnte ich es einrichten.«

»Ich verstehe.« Sophie sah immer noch ziemlich verdutzt drein.

»Es sei denn, Sie haben kein Interesse mehr.«

»Doch«, sagte Sophie hastig. »Doch, doch, ich habe Interesse.«

Letti sah von Christian Payer, der für seine Begriffe heute ausgesprochen redselig war, zu Sophie Arendt, die sie noch nie so schüchtern erlebt hatte – und irgendetwas sagte ihr, dass es bei der Unterhaltung zwischen den beiden nicht nur um einen Tisch ging. Doch sie hatte keine Gelegenheit, weiter darüber nachzudenken, denn in diesem Moment stürmten Luzy und Bea die Küche und beanspruchten alle Aufmerksamkeit mit gewagten Theorien über ihre bevorstehenden Hollywoodkarrieren.

Es war nach sechs Uhr abends, als Livia von ihrem Ausflug ins Kloster zurückkam, aber dennoch beschlossen die Zwillinge, vor dem Abendessen schnell den längst überfälligen Schneemann zu bauen. Immerhin hatten sie die Außenbeleuchtung des Hauses, die reichte für dieses Unternehmen gerade noch aus. Gemeinsam wälzten sie eine riesige Kugel für den Unterbau und während Luzy die zurechtklopfte, formte Livia die zweite, kleinere für den Rumpf. »Du kannst dir nicht vorstellen, wie genial dieses Teleskop ist«, keuchte sie. »Natürlich konnte ich es nicht richtig ausprobieren, dafür war es ja zu hell. Aber Schwester Albertina hat mir alles erklärt und ich darf irgendwann spätabends wiederkommen …« Sie unterbrach sich. »Das heißt, *wir* dürfen wiederkommen und uns den Sternenhimmel ansehen! Du willst doch, oder?«

»Klar. Wir sollten mit Papa hin, wenn er wieder da ist. Findet er sicher auch toll.«

»Genau!« Livia strahlte. »Das hab ich mir auch schon gedacht. Wir könnten doch überhaupt ab und zu hinfahren. Die Schwestern freuen sich bestimmt über Besuch. Und man kann sicher einiges von ihnen lernen!«

»Was, von den alten Uhus?«, fragte Luzy. »Was sollen die uns schon beibringen können?«

»Na, hör mal«, empörte Livia sich. »Albertina ist ein Ass in Astronomie und Ignazia in Geschichte und Eloisa kann supergut mit Tieren und kennt sich mit Heilpflanzen und so aus … Nur weil sie alt sind, heißt das doch nicht, dass man nichts von ihnen lernen kann!«

»Ach, ich weiß nicht, liebste Schwester«, meinte Luzy geziert. »Ich lerne lieber von den Schneeflocken!«

Livia starrte sie einen Augenblick an, dann grinste sie. »Du wirst gleich von den Schnee*bällen* lernen, teure Aurora!« Sie stemmte die schon fußballgroße

Kugel und warf sie, so gut sie konnte, nach Luzy. Die versuchte zu fangen und landete dabei prompt auf dem Hinterteil, was Livia sofort für einen Schnellbeschuss mit kleineren Bällen ausnützte.

»Halt ein, Therese«, quietschte Luzy. »Was sollen die alten Uhus von dir denken?«

»Ich hoffe, ihr meint nicht eure Großmutter und mich damit?« Opa Mayer hatte seine Arbeit in der Garage beendet und stand nun breitbeinig mit verschränkten Armen und einem verschmitzten Lächeln vor der Haustür, seine Enkelinnen beobachtend.

»Achtung, Uhu-Alarm!«, rief Luzy. »Teures Reschen, gib mir Deckung!«

»Du kannst wie immer auf mich zählen, liebste Aurora!«, antwortete Livia und begann, statt Luzy ihren Großvater zu beschießen, während ihre Schwester sich samt der Riesenkugel aufrappelte und den Schneeball über ihren Kopf hievte.

Opa Mayer duckte sich, sodass wieder mal ein Schneeball an Oma Rosmaries Küchenfenster knallte. »Na, ihr habt euch ja mächtig inspirieren lassen von euren Ururgroßtanten«, lachte er.

»Unseren was?« Vor Überraschung vergaß Luzy für einen Moment den riesigen Schneeball über ihrem Kopf, verlor das Gleichgewicht und setzte sich erneut auf ihr Hinterteil. Livia ließ verblüfft ihre Hand sinken.

»Was willst du denn damit sagen, Opa?«, fragte sie.

Opa Franz zog die Augenbrauen hoch. »Hat eure Großmutter das gar nicht erwähnt?«, fragte er und dann war das verschmitzte Lächeln wieder da. »Na ja, ich kann mir schon denken, warum«, meinte er. »Sie wollte wohl, dass ihr erst mal beide an einem Strang zieht, bevor sie euch das sagt.«

»Uns *was* sagt, Opa?« Luzy machte sich gar nicht erst die Mühe, aufzustehen, sie blieb im Schnee sitzen und starrte zu ihrem Großvater hinauf.

»Dass die Theurenbach-Schwestern wahrscheinlich ganz entfernte Verwandte von ihr sind – und damit auch von euch!«

»Nein!«, rief Luzy.

»Nein!«, hauchte Livia.

»Therese von Theurenbach heiratete Wilhelm von Apsberg, die beiden hatten vier Kinder, vierzehn Enkel und noch mehr Urenkel. Eine der Urenkelinnen heiratete einen Herrn von Lohenstein – der Name Lohenstein wiederum taucht auch im Stammbaum deiner Großmutter auf. Ein Urgroßonkel von ihr hieß so. Also ich würde nicht gerade sagen, dass literweise Theurenbach-Blut in euren Adern fließt, aber eine entfernte Verwandtschaft ist ziemlich sicher, weil sich die Apsberg-Sippe nie von hier wegbewegt hat und die Familie eurer Großmutter auch immer hier ansässig war.«

»Ich werd verrückt«, murmelte Luzy.

»Und ich auch«, schloss sich Livia der Einfachheit halber an.

»Na ja«, meinte Opa Franz fröhlich. »Wenn ihr damit fertig seid, könnt ihr ja zum Abendessen reinkommen. Und übrigens hat mich keine von euch getroffen!«

Bevor noch eine der Schwestern reagieren konnte, war er blitzschnell im Haus verschwunden und drehte ihnen im nächsten Moment hinter dem Fenster des Windfangs eine lange Nase.

»Was sagt man dazu«, sagte Livia, mehr zu sich selbst als zu Luzy.

»Das ist echt schräg«, meinte die. »Als ob man ein spannendes Buch lesen würde und plötzlich ist man selbst mittendrin.«

Livia nickte nur. Genau so fühlte es sich an. Vielleicht waren sie und Luzy deshalb von Anfang an so fasziniert von der Geschichte der beiden Schwestern gewesen – vielleicht hatten sie deshalb nicht nachgelassen, bis sie das Geheimnis gelöst hatten. Irgendetwas hatte ihnen wohl gesagt, dass es da eine Verbindung zwischen ihnen gab – zwischen Therese und Aurora aus dem neunzehnten Jahrhundert und Luzy und Livia aus dem einundzwanzigsten.

»Weißt du was?«, unterbrach Luzy ihren Gedankengang. Sie war aufgesprungen und hatte begonnen, die Reste der begonnenen Rumpfkugel zu reparieren. »Ich finde, wir sollten Therese und Aurora ein Denkmal setzen.«

»Ein Denkmal?«

»Ja.« Luzy grinste. »Ist zwar nicht für die Ewigkeit, aber trotzdem …«

Als Letti etwas später aus dem Fenster sah, erblickte sie nicht *einen* Schneemann, sondern zwei Schneemädchen, die Hand in Hand im Vorgarten standen – mit Haaren aus Zweigen und Sägespänen, Augen aus Walnüssen und Knöpfen aus Kastanien. Die Kussmünder hatte Luzy aus einer roten Gummischlange geformt, die sie noch in ihrer Anoraktasche gefunden hatte. Die Nasen waren aus Opas Korkensammlung entliehen. Eine der beiden trug ein mottenzerfressenes Schultertuch aus der Verkleidungskiste, die andere einen pinkfarbenen Regenmantel, der Luzy gehört hatte, als sie fünf oder sechs war.

Letti öffnete das Fenster. »Habt ihr euch ein Selbstporträt gebaut?«, fragte sie. »Dann versteh ich aber nicht, warum die beiden sich so lieb an den Händen halten.«

»Das hier, ahnungslose Frau Mutter«, erklärte Luzy würdevoll, »ist ein Denkmal!«

»Ja«, fügte Livia hinzu. »Von zwei Persönlichkeiten, deren historische Bedeutung noch gar nicht abzuschätzen ist!«

»Weil sie nämlich in *unserer* Ahnenreihe auftauchen!«

»Und wenn wir erst loslegen, dann muss sich der Rest der Welt gut festhalten!«

Letti lachte. »Wenn ihr die Welt verändern wollt, dann könnt ihr nächstes Wochenende gleich damit anfangen!«

Livia schaltete sofort. »Heißt das, du hast ihn angerufen?«

»Gerade eben.«

»Und sie kommen?«

»Sie kommen.«

»Jipppiiiiiieeeeeee!«

»Es ist wirklich sehr nett von dir, uns zum Essen einzuladen, Letti«, grollte Theo Waiglein schon an der Tür. »Aber ich schwöre, wenn du anfängst, mit mir über meinen Sohn und diese ganze verdammte Sache zu diskutieren, dann …«

»Keine Angst, Theo«, flötete Letti mit ihrem charmantesten Lächeln. »Das ist einfach nur ein netter Abend unter Arbeitskollegen und alten Freunden.«

»Ganz recht«, erklärte nun auch Opa Franz und half Albine Waiglein aus ihrer Jacke. »Wir plaudern nur nett und machen uns ein paar schöne Stunden, stimmt's, Albinchen?«

Die kleine, zarte Frau wirkte etwas blass und abgekämpft und Letti konnte sich vorstellen, dass die letzten Tage anstrengend gewesen waren – so zwischen den Interessen von Mann und Sohn zu stehen, war sicher nicht einfach. Aber Letti wusste auch, dass Albine wesentlich stärker war, als sie aussah, und durchaus nicht immer klein beigab.

»Wie wär's«, fuhr Opa Franz augenzwinkernd fort, »wenn ich all die Geschichten ausgrabe, die dein alter Herr über dich und deine Streiche zum Besten gegeben hat, wenn wir wieder mal die Blechkutsche eines Kunden auseinandergenommen haben?« Als Theos Vater noch die Werkstatt führte, hatte Opa Franz, damals ein junger Mann, ab und zu dort ausgeholfen. Er und der alte Waiglein hatten sich blendend verstanden – beide hatten ein untrügliches Gespür für Maschinen aller Art und gingen mit ihnen um, als wären sie lebendige Wesen.

»Von mir aus«, gab Waiglein zurück. »Ich war sicher ein ziemlicher Lausejunge. Aber Jungs machen eben Blödsinn. Was Jungs *nicht* machen, ist Gemüselasagne mit Sauerampfersoße!«

»Ich dachte, davon reden wir nicht, mein Lieber?«, meinte Oma Rosmarie liebenswürdig und dirigierte ihre Gäste an der geschlossenen Küchentür vorbei ins Wohn- und Esszimmer.

»Unseretwegen hättet ihr aber nicht so viele Umstände machen müssen«, brummte Theo, der wusste, dass die Familie sonst alle Mahlzeiten am großen Küchentisch einnahm.

»Oh doch, Theo, das mussten wir«, meinte Letti mit einem gewinnenden Lächeln. »Glaub mir.«

Der Tisch im Wohnzimmer war festlich gedeckt mit kunstvoll gefalteten Stoffservietten und die Anzahl der Gabeln, Messer und Löffel ließ auf mehrere Gänge schließen, die serviert würden.

»Das ist ja wie im Fünfsternerestaurant hier«, meinte Theo, fast ein wenig verunsichert.

»Na ja«, meinte Letti. »Ein Abend, nur unter Erwachsenen, ohne streitende oder aufsässige Kinder, das muss doch richtig begangen werden, meint ihr nicht?«

»Auch wieder wahr.« Theo ließ sich mit einem Seufzer auf einem der Stühle nieder. »War ein Glück für Jo, dass die Klasse diesen Zweitagesausflug macht. Ich wollte ihn ja erst gar nicht fahren lassen, schon aus Prinzip. Aber Albine hat mich überredet.« Er warf seiner Frau einen Blick zu, der eine Mischung aus Ärger und Dankbarkeit auszudrücken schien. »Wenn ich sein trotziges Gesicht noch einen Tag länger hätte ertragen müssen, hätt' ich den Jungen zum Mond geschossen!«

»Ich denke«, sagte Albine mit einem schmallippigen Lächeln, »als er heute gefahren ist, hat er dir gegenüber wohl so ähnlich empfunden!«

»Ja, aber ich bin sein Vater«, donnerte Theo und schlug mit der flachen Hand auf den Tisch, dass die Kristallgläser aneinanderschlugen. »Und *er* hat sich verdammt noch mal nach mir zu richten!«

Ein paar Augenblicke lang war es still im Wohnzimmer der Mayers. »Entschuldigt«, meinte Theo verlegen. »Wenn ich so mit den Nerven runter bin, geht manchmal mein Temperament mit mir durch.«

»Schon gut, mein Lieber«, meinte Oma Rosmarie. »Das kennen wir alle. Einen Schluck Weißwein, Albine?«

»Sehr gerne.«

Opa Franz schenkte Wein ein und Rosmarie und Letti verschwanden in der Küche, um die Hors d'Oeuvres zu holen.

»Ohr was?«, fragte Theo verblüfft.

»Die Vorspeise, Theo«, seufzte Albine. »Vielleicht hättest du Jo doch manchmal zuhören sollen.«

Bevor Theos Stimmung sich wieder verfinstern konnte, kamen Letti und Rosmarie mit einer großen, runden Platte wieder. »Schinken-Trüffel-Kroketten, gegrillte Schafskäsespießchen im Melanzanimantel und Oliven-Crostini!«, erklärte Letti die Appetithäppchen.

»Das sieht ja köstlich aus!« Albine strahlte und warf Letti einen dankbaren Blick zu. »Darf ich?«

»Aber selbstverständlich, greift zu! Guten Appetit!«

Auch Theo langte ein wenig misstrauisch nach dem ersten Spießchen. »So klein und schon was zum Essen«, murmelte er. Minuten später war die Platte leer gefegt und der Inhalt war zu einem nicht unbeträchtlichen Teil in Theo Waigleins Magen verschwunden.

»Lass noch Platz für die übrigen Gänge, Theo«, meinte Rosmarie lächelnd. »Wäre schade, wenn du einen davon auslassen müsstest.«

»Keine Sorge, ihr Lieben«, antwortete Theo, dessen Laune sich von Minute zu Minute zu bessern schien – in dem Maße, in dem sein Magen voller wurde. »Wir Waigleins waren noch nie schlechte Esser!« Er klopfte sich auf den recht ansehnlichen Bauch und machte sich über die Krabben-Broccoli-Suppe her, die Letti und Rosmarie als Nächstes auftrugen.

»Fantastisch!«, erklärte Theo. »Also wirklich …« Er erhob sich halb und deutete eine Verbeugung vor Letti und Rosmarie an. »… ein großes Lob an die Küche! Die beste Suppe, die ich je gegessen habe!« Dann wandte er sich mit einem Anflug von schlechtem Gewissen seiner Frau zu. »Das darf ich doch sagen, Albine, ohne dass du dich kränkst, oder?«, fragte er. »Deine Gemüsesuppe ist nur ganz knapp auf Platz zwei!«

»Oh, keine Sorge, Theo«, antwortete Albine und strahlte ihn an. »Das kränkt mich überhaupt nicht. Im Gegenteil, ich bin ganz deiner Meinung.«

Die Lachsforellenfilets mit mediterranem Gemüse und Basmatireis rissen Theo erneut zu Begeisterungsstürmen hin. »Unvergleichlich!«, jubelte er. »Ihr zwei solltet ein Restaurant eröffnen! Wir wären sofort Stammgäste, nicht wahr, Albine?«

»Hundertprozentig«, erklärte Albine. »Ich weiß nicht, wann ich zuletzt so gut gegessen habe.«

»Ich hoffe, ihr habt noch ein wenig Platz fürs Dessert«, meinte Rosmarie lächelnd. »Das ist sozusagen die Krönung.«

»Oh, danke, für mich nicht«, meinte Theo. »Ich bin nicht so ein Süßer.«

»Wenn du dich da nur nicht täuschst«, meinte Letti und verschwand in der Küche. Als sie wiederkam, trug sie ein Tablett mit gläsernen Dessertschälchen. »Bitterschokoladen-Mousse auf Mandarinenfilets«, erklärte sie.

Letti, Albine, Oma Rosmarie und Opa Franz löffelten ihr Dessert mit so viel Begeisterung, dass schließlich auch Theo nicht widerstehen konnte und davon probierte. »Hmmm«, meinte er anerkennend. »Sehr lecker.« Er aß weiter und sein Gesichtsausdruck verklärte sich zusehends. »Süß und auch wieder nicht so süß. Leicht bitter, aber nicht zu sehr. Und es ist so flaumig und leicht, zergeht auf der Zunge. Fantastisch.«

Als auch der Nachtisch verputzt war, lehnte sich

Theo zurück und sah zufrieden in die Runde. »Also wirklich, ihr beiden habt euch selbst übertroffen!«, erklärte er.

»Dann hat's dir also geschmeckt, mein Lieber?«, fragte Opa Franz.

»Geschmeckt? Das war ein Menü aus dem Himmel! Die Fünfsternedekoration hat nicht zu viel versprochen! Ich weiß gar nicht, wie ich euch danken soll! Ihr habt euch so viel Mühe gemacht!«

»Oh, ich finde, die Lorbeeren sollten die ernten, die dafür verantwortlich sind, was denkst du, Letti?«

Letti lächelte ihrer Mutter zu. »Da bin ich ganz deiner Meinung, Mama.« In ihren Augen blitzte es, als sie sich umwandte und in Richtung Küche rief: »Auftritt des Küchenpersonals!«

»Küchenpersonal?«, fragte Theo verblüfft. »Habt ihr denn nicht selbst ...?«

Da tauchte Luzy in der Wohnzimmertür auf, mit roten Wangen und glänzenden Augen, Omas rot karierte Küchenschürze umgebunden.

»Tischdekoration und künstlerische Beratung des Küchenchefs: Luzy Hartmann!«

Opa Franz applaudierte und die anderen schlossen sich an – auch Theo Waiglein, dem man allerdings ansehen konnte, dass er ein wenig verwirrt war. Luzy knickste und trat einen Schritt zur Seite.

»Aber ich dachte, die Mädchen sind auch auf

dem ...?«, fragte er, aber da stand schon Livia in der Tür, mit weißer Schürze, die glatten Haare zurückgebunden.

»Assistentin des Küchenchefs: Livia Hartmann!«

Wieder brandete Applaus auf, Opa Franz pfiff sogar auf zwei Fingern und rief: »Bravo!«

Livia errötete, verbeugte sich und machte einen Schritt auf die andere Seite.

»Und jetzt, meine Damen und Herren, der Star des heutigen Abends! Der Künstler selbst, kreativer Kopf des Teams, unser Küchenchef: Johannes Waiglein!«

Jo war einen Kopf kleiner als die Zwillinge, aber als er jetzt mit Opas blau karierter Schürze angetan zwischen die beiden trat und sich verbeugte, da strahlte er so, dass er beinahe größer wirkte. Ein paar verschwitzte, blonde Haarsträhnen kamen unter dem blauen Bandana hervor, das er sich als Kochmützenersatz umgebunden hatte, sein Gesicht war gerötet und seine Augen leuchteten.

Opa Franz pfiff, Albine hielt es nicht mehr auf ihrem Stuhl, sie sprang auf, gefolgt von Letti und Rosmarie, die mit ihr um die Wette jubelten. Jo verbeugte sich tief und hob dann langsam und zögernd den Kopf. Er musste sich sichtlich überwinden, seinen Vater anzusehen, der als Einziger unbeweglich auf seinem Platz sitzen geblieben war. Der Applaus ebbte ab und aller Augen richteten sich gespannt auf

Theo, der aber hartnäckig schwieg und seinen Sohn anstarrte.

»Ihr habt mich also reingelegt«, stellte er schließlich mit gefährlich ruhiger Stimme fest. »Alle miteinander. Und angelogen. Von wegen Schulausflug.«

»Na ja.« Letti räusperte sich. »Wir wollten eigentlich nur …«

»Einen netten Abend unter Arbeitskollegen und alten Freunden verbringen, ohne aufsässige Kinder, ich weiß«, knurrte Theo, stand auf und stützte beide Hände auf den Tisch.

»Das war«, begann er und in seiner Stimme war ein leises Beben, das keiner der Anwesenden für ein gutes Omen hielt. Theo räusperte sich und alle hielten den Atem an. Jo hing am Blick seines Vaters, vor Anspannung zitternd. »Das war das verdammt noch mal beste Essen meines ganzen Lebens«, donnerte Theo Waiglein. »Wer so etwas mit zehn Jahren zusammenbringt, der ist zum Kochen geboren und nur ein Idiot würde das nicht erkennen.« Er fuhr sich mit dem Handrücken über die Augen, die ein klein wenig feucht schimmerten. »Und man kann viel über Theo Waiglein sagen, aber Idiot ist er keiner!«

»Nein, mein Schatz!«, rief Albine und fiel ihrem Mann um den Hals. »Nur manchmal ein wenig starrköpfig. Doch zum Glück hat dein Sohn das von dir geerbt!«

»Na, da möchte ich nicht drauf wetten, dass er das von *mir* hat!«, knurrte Theo und löste sich aus der Umarmung.

Jo stand immer noch da und starrte auf seinen Vater. Luzy und Livia umarmten ihn von zwei Seiten, aber er schien jetzt erst langsam wahrzunehmen, was passiert war.

»Heißt das, ich darf wieder …?«

»In den Kochkurs gehen?«, vollendete Theo die Frage seines Sohnes. »Ja, das darfst du, mein Junge. Obwohl ich nicht weiß, was du dort noch lernen sollst!« Letti und Rosmarie warfen einander einen Blick zu. Der Stolz in Theos Stimme war unverkennbar.

»Und ich muss nicht …?«

»Nein, du musst nicht in der Werkstatt helfen. Dort richtest du ja doch bloß Schaden an. Schuster, bleib bei deinem Leisten, heißt es ja nicht umsonst. Und was dein Leisten ist, das haben wir ja heute gesehen, nicht wahr?«

Jo rannte los und sprang in die ausgebreiteten Arme seines Vaters. »Danke, Paps«, flüsterte er. »Dankedankedanke.«

»Na, na«, brummte Theo. »Schon gut, mein Junge. Bedank dich bei deinen Freunden!«

Luzy wandte sich ihrer Schwester zu und hob ihre Hand, Handfläche zu Livia. »Was sagt man dazu?

Das doppelte L hat innerhalb einer Woche ein historisches Rätsel gelöst *und* eine Karriere gerettet.«

Livia schlug strahlend ein. »Ja«, sagte sie. »Ich glaube, wir können zufrieden sein.«

Paten, Pizza, Pausenclowns

Eine Menge Löwenthaler Schüler verloren ihre bei Phil gesetzte Wette: Bea und Luzy beendeten die Außendreharbeiten, *ohne* sich erneut in kämpfende Furien zu verwandeln. Natürlich wusste niemand außer Livia, wie heftig Luzy manchmal die Zähne zusammenbiss, wenn Bea ihr auf ihre herablassende Art »gut gemeinte« Ratschläge vom »Profi« gab und ihr erlaubte, von ihrem »reichen Erfahrungsschatz« zu profitieren. Immerhin war manches, was Bea sagte, sogar wirklich zu gebrauchen, sie hatte ja tatsächlich mehr Schauspiel-Erfahrung – und man konnte ihr deutlich anmerken, dass sie sich mit ihrer »kleinen« Rolle ausgesöhnt hatte.

»Meine Mutter wurde mit einer Nebenrolle bekannt«, erklärte sie den Mädels in der Klasse, die sie nun wieder umschwärmten wie eh und je, und fügte mit tiefem Ernst hinzu: »Und selbst wenn ich nur einen einzigen Satz sage, trage ich für diesen Moment den ganzen Film auf meinen Schultern.«

Luzy verdrehte in solchen Momenten bloß die Augen. Das, was Bea da, ohne mit der Wimper zu zucken, als ihre eigene Erkenntnis verkaufte, war eigentlich das Zitat eines großen Theaterschauspielers, und sie hatte es von Bert Kehlmann, der ihr nochmals versichert hatte, dass man die Bedeutung einer Rolle nicht an der Menge Text messen konnte, aus der sie bestand. Und als Jason Mercks bei einer der kurzen Szenen zusah, die Phil, Luzy und Bea gemeinsam hatten, meinte er nachher, der Nachwuchs würde sie alle an die Wand spielen. Bea bezog das Kompliment selbstverständlich auf sich allein und versicherte ab da all ihren Freundinnen in der Schule glaubhaft, Jason sei ihr neuer bester Freund.

In den Pausen spielten die beiden Mädchen gemeinsam mit Philippe zur Erheiterung ihrer Klasse die Filmszenen nach, die sie gerade abgedreht hatten, und als ihnen die echten Szenen ausgingen, improvisierten sie einfach neue. Der Vorteil war, man konnte so unauffällig und straffrei die Lehrer veralbern – Szenen, in denen über den Hauslehrer hergezogen wurde, zum Beispiel, kamen besonders gern vor den Mathematik-Stunden zur Aufführung.

AURORA *(leidend, Hand an die Stirn gelegt)*:
Ach, Reschen, könnt ich dem Alltag nur entfliehen und dem alten Uhu …

THERESE *(legt tröstend eine Hand auf ihre Schulter)*:
Hab vor dem alten Uhu keine Angst, geliebte Schwester, er ist doch nur ein komischer Vogel!

ADRIAN *(springt auf einen Tisch)*:
Naht sich der fürchterliche Uhu erneut, meine armen, unschuldigen Freundinnen? Keine Angst … *(schwingt ein langes Lineal)* Mein Degen und ich sind zur Stelle!

AURORA *(sinkt vor Adrian auf die Knie)*:
Oh nein, geliebter Adrian, tu's nicht! Riskiere nicht dein Leben!

THERESE:
Schwester! Lass Adrian doch kämpfen! Soll er uns erretten vor dem grässlichen Schicksal, das uns droht!

AURORA *(verzweiflungsvoll, rauft sich das Haar)*:
Aber Schwester, wenn er das wagt, so ist sein Tod gewiss!

In diesem Augenblick gab Livia ein Zeichen, dass Herr Stieglitz im Anmarsch war – was aber die Akteure nur noch beflügelte.

ADRIAN *(rollt mit den Augen)*:
Da kommt er schon! Ich bin bereit!

AURORA *(flehentlich)*:
Tu's nicht, mein edler Held, ich bitte dich!

THERESE:
Was redest du? Ist er doch jung
und frisch und wagemutig! Der alte
Uhu wird ihm unterliegen!

AURORA:
Das wird er nicht, mit seinen
trockenen Formeln wird er
unseren geliebten Adrian
zu Tode langweilen!

Auftritt Herr Stieglitz, dessen gerunzelter Stirn man deutlich ansehen konnte, dass er noch genug von der Vorstellung mitbekommen hatte, um sich angesprochen zu fühlen. Aber gegen die Ausrede »Das steht so im Drehbuch und wir proben nur!« ließ sich schließlich nicht viel sagen.

»Na, wenn's nichts wird mit Hollywood«, meinte Rollo, »könnt ihr immer noch zum Zirkus gehen und Clowns werden.«

»Etwas mehr Respekt bitte«, verlangte Luzy mit gespitzten Lippen und hochgezogenen Augenbrauen. »Immerhin habe ich geschätzte zwei Vierunddreißigstel blaues Blut in den Adern.«

»Das wäre dann ein Siebzehntel«, erklärte Livia. »Und so viel ist es bestimmt nicht – zumindest nicht bei dir.« Die anderen lachten, Luzy zog eine Grimasse – und anders als noch vor ein paar Wochen beließ sie es dabei. Hey, sie war jetzt ein Filmstar! Also warum sollte nicht auch ihre Schwester mal das letzte Wort haben?

Nur Mademoiselle Arnaud wurde nicht mehr veralbert. Im Gegenteil, Luzy war besonders höflich zu ihr und bemühte sich in Französisch doppelt – was sie durch die Dreharbeiten versäumte, holte sie an den Wochenenden nach, und in den Stunden meldete sie sich häufiger als in jedem anderen Fach. Dennoch kamen immer wieder versteckte Anspielungen auf Luzys ersten großen Auftritt als »Simsalabine«, die deutlich machten, dass Mademoiselle Arnaud die Kränkung nicht ganz vergessen hatte. Ansonsten aber war Mademoiselle dieselbe leicht verschrobene, aber gutmütige Lehrerin wie immer. Und kein einziges Mal benotete sie ungerecht: Philippe bekam eine Zwei, wenn seine Hausübungen voll mit Smileys und Abkürzungen waren, auch wenn sich keine Rechtschreibfehler darin fanden, und Luzy bekam Einsen, trotz ihrer parodistischen Einlage.

Eine Woche nach dem letzten Drehtag opferte Mademoiselle Arnaud die ersten zehn Minuten ihrer Französischstunde für eine kleine Zeremonie. Anja brachte den Meerschweinchenkäfig in die wie verabredet mäuschenstille Klasse – die Babys sollten ja keine Angst kriegen. Dann trat sie vor und streichelte das semmelfarbene Junge (ja, es war das Einzige, das so aussah wie seine Mutter – Philippe hatte ausnahmsweise mal eine Wette verloren) mit dem Zeigefinger. »Hiermit taufe ich dich … *Krümel*!«, erklärte sie stolz. Semmels erstes Kind hieß also Krümel – ein außerordentlich passender Name, fand die Klasse und alle winkten heftig mit beiden Händen – der Ersatz für lautes Applaudieren, das den Tierchen sonst einen Schrecken eingejagt hätte.

»Ah, wie niedlisch sie sind, die kleinen Fellkügelschen!«, begeisterte sich die Französischlehrerin und hockte sich vor den Käfig. »Tausend ent-zück-en-de Namen würden mir für euch einfallen, meine süßen *Cochons d'Inde*!«

Livia beugte sich zu ihrer Schwester vor und flüsterte: »Anja hat mir erzählt, dass die Simsalabine total verknallt in die Schweinchen ist. Sie war öfter zu Besuch auf der Kinderstation als jede von uns.«

»Echt wahr?«, flüsterte Luzy zurück. Und plötzlich wusste sie, wie sie die Sache mit Mademoiselle Arnaud endgültig wiedergutmachen konnte.

Nun warteten noch ein weißes und ein geflecktes Schweinchen auf ihre Namen.

»Luzy«, forderte Anja ihre Banknachbarin auf. »Du bist dran!« Alle wussten, dass Luzy ihr Schweinchen »Flocke« nennen wollte, zur Erinnerung daran, dass mit der Geburt der Jungen auch der ersehnte Schnee gekommen war. Das weiße bot sich dafür natürlich an.

Luzy stand auf und räusperte sich. »Es wäre mir eine Ehre, wenn *Sie* das übernehmen würden, Mademoiselle«, sagte sie zu der Lehrerin. »Nur, wenn Sie möchten, natürlich.«

»*Mais*, Luzy!« Sie sprach es wie immer »Lüüssiiee« aus. »Bist du auch sicher?«

Luzy nickte und Mademoiselle errötete vor Freude. »Das ist in der Tat rei-zend von dir!« Die Französischlehrerin erhob sich, streichelte vorsichtig das gefleckte Meerschweinchenbaby und sagte: »*Je te baptise* – Isch taufe dich ... *Chou-Chou*!«

Erneut kam lautloser Applaus von der Klasse.

»Sie nennt das Meerschweinchen genau wie dich!«, flüsterte Rollo grinsend Phil, seinem Banknachbarn zu. »Was uns das wohl sagen soll?«

Philippe antwortete damit, Rollo das Französischbuch auf den Kopf zu donnern.

»*Mais Philippe, mon chou*!«, reagierte Mademoiselle sofort. »Was soll das? Wir sind nischt in einem Ssirküs!«

Die Klasse prustete los, aber Anjas strenger Blick bremste sie sofort wieder ein – Ruhe für die Schweinchen! »Livia!«, sagte sie. »Du bist dran!«

Livia stand auf und ging nach vorne, was ihr

natürlich auch nicht gelang, ohne rot zu werden. Sich von vielen Leuten anstarren zu lassen, mochte Bea und Luzy gefallen, ihr Ding war es bestimmt nicht. Sie hatte eigentlich erwartet, dass *sie* das schwarz-weiße Junge taufen würde und wollte es ursprünglich »Domino« nennen, aber nun … Sie holte Luft und streichelte das kleine weiße Meerschweinchen. »Ich taufe dich *Flocke*«, sagte sie und warf einen Blick zu Luzy, die sie nach einem Moment der Überraschung anstrahlte. Flocke, Chou-Chou und Krümel! Die Meerschweinchentaufe war vollbracht.

»Mann, was seid ihr zwei aber edel«, flüsterte Jo von hinten. »Das ist ja kaum auszuhalten!«

»Na ja, ich war der Simsalabine noch was schuldig«, wisperte Luzy zurück. »Ich wollte ja nicht, dass sie sich kränkt. Und außerdem: Wer weiß, ob ich ohne sie meine Rolle gekriegt hätte?«

»Und was hast du für eine Entschuldigung?«, wandte Jo sich an Livia.

Die zuckte nur mit den Schultern und grinste. »Gar keine«, erklärte sie. »Ich bin tatsächlich so edel. Muss an meiner Abstammung liegen.« Luzy kicherte und die anderen grinsten. Klar, dass die Zwillinge ihren Freunden schon alles über die entfernte Verwandtschaft mit den blaublütigen Schwestern von Theurenbach erzählt hatten.

In der letzten Stunde hatten sie Geschichte bei Fräulein Brommel, der Klassenlehrerin.

»Die ersten Menschen waren also Jäger und Sammler, meine Lieben, was bedeutet das? Wovon haben sie sich ernährt?«

In diesem Moment klopfte es an der Tür zum Klassenzimmer und Fräulein Brommel blickte mit erhobenen Augenbrauen in Richtung Tür. Offenbar war es nicht Herr Mönch, denn der klopfte zwar, trat aber immer unmittelbar darauf ein.

»Ja bitte?«, sagte sie.

In der Klasse war es mucksmäuschenstill und alle starrten auf die Tür.

Frau Direktor Fähnrich, die manchmal unangemeldet im Unterricht auftauchte, um irgendeine Ankündigung zu machen, hätte sich mit dem Hereinkommen auch nicht so viel Zeit gelassen. Es klopfte erneut, offenbar hatte der Besucher die Aufforderung Fräulein Brommels nicht gehört.

»Herein!«, rief sie und lief gleichzeitig zur Tür des Klassenzimmers, um sie selbst aufzureißen.

»Frau Brommel?«, fragte ein junger Mann mit einem grün-gelben Käppi auf dem Kopf.

»Ja?«

»'tschuldigung. Musste erst die Kartons abstellen.«

»Kartons?« Fräulein Brommel hatte sichtlich keine Ahnung, was das Ganze sollte.

Der junge Mann verschwand und war einen Augenblick später wieder da. Nun hielt er mit beiden Händen einen Stapel flacher Kartons, der ihm bis unters Kinn reichte. »Zehnmal Margherita mit extra Tomaten, extra Käse und Peperoni für Frau Brommel, Schule Schloss Löwenthal.« Er stellte den Stapel auf dem Lehrertisch ab. »Das macht dann dreiundsiebzig Euro.« Er zwinkerte Fräulein Brommel zu. »Ohne Trinkgeld.«

In der Klasse wurden erste Lacher laut. Jemand sagte: »Jetzt wissen wir, was die Urmenschen gegessen haben.«

»Anschauungsunterricht, super.«

»Ruhe!«, rief Fräulein Brommel und auf ihren Wangen tauchten ein paar Flecken auf. »Einen Moment mal, das muss ein Missverständnis sein! Wer hat die Pizza bestellt?«

»Na, Sie natürlich!«, sagte der Junge mit seinem breitesten Grinsen. »Hab doch selbst die Bestellung angenommen. Find ich voll cool, meine Lehrer haben nie Pizza für die Klasse bestellt! Vielleicht wär ich ja sonst länger in der Schule geblieben!«

Fräulein Brommel drehte sich zu ihrer Klasse um und ließ ihren Blick über ein Gesicht nach dem anderen gleiten. Besonders lange blieb er an Philippe hängen, dann wieder an Luzy und auch kurz an Bea.

»Fräulein Brommel?« Phil war aufgestanden und

kam nach vorne, die Hände lässig in den Hosentaschen. »Es wäre mir ein großes Vergnügen, das zu übernehmen.« Bevor Fräulein Brommel noch eine Chance hatte, zu protestieren, gab Phil dem Pizzaboten einen Hunderteuroschein und sagte: »Stimmt schon.«

Der Junge starrte auf den Schein in seiner Hand, zog dann seine Kappe und verbeugte sich. »Jederzeit wieder, meine Herrschaften!« Dann verschwand er so blitzschnell aus der Klasse, als hätte er Angst, dass ihm jemand sein großzügig bemessenes Trinkgeld wieder abknöpfen könnte.

»Philippe«, fragte Fräulein Brommel und blickte dem Jungen tief in die Augen. »Hast du dir das ausgedacht?«

»Aber Fräulein Brommel«, antwortete Phil treuherzig. »Sie haben doch selbst gehört, er dachte, er hätte mit ihnen gesprochen. Wie sollte ich Ihre klangvolle, souveräne Stimme imitieren?«

Um die Mundwinkel der Lehrerin zuckte es verräterisch. »Nun ja«, meinte sie. »Es wird wohl wenig Sinn haben, einen Schuldigen zu suchen – vielleicht sind es ja auch viele Schuldige.« Wieder glitt ihr Blick der Reihe nach über die Gesichter aller ihrer Schüler. Luzy blickte unschuldig zurück. Bea lachte über das ganze Gesicht, aber das taten alle anderen auch. Phil stand vor ihr und lächelte gleichmütig. Die Lehrerin seufzte. Es hatte auch Nachteile, jede

Menge Schauspieltalente in der Klasse zu haben. »Ich schätze, es hat trotzdem seine Ordnung, wenn du die Rechnung übernimmst. Du hast vermutlich ohnehin das Taschengeld der gesamten Klasse in deinem Portemonnaie ...« Phil grinste. Also hatte sich seine Tätigkeit als Buchmacher im Lehrerzimmer herumgesprochen. »Auf diese Art zahlt jeder von euch ein wenig mit. Setz dich, Philippe.« Phil kehrte auf seinen Platz zurück und Fräulein Brommel öffnete die oberste Pizzabox. Ein verführerischer Duft schlug der Klasse entgegen.

»Die Sache läuft folgendermaßen«, erklärte Fräulein Brommel. »Ich stelle Fragen zum Stoff der vergangenen Stunde und jeder, der einen vernünftigen Beitrag leistet, darf sich ein Stück nehmen.«

Eine so eifrige Beteiligung am Unterricht wie in der folgenden halben Stunde hatte Fräulein Brommel noch selten erlebt.

»Eines muss man dem guten Brommelchen lassen«, meinte Phil und schob ein letztes Stück Peperoni in den Mund. »Sie weiß, wie man junge Menschen zu Höchstleistungen anspornt!« Fräulein Brommel hatte das Klassenzimmer soeben verlassen und sie standen alle um die letzten beiden noch nicht leer gegessenen Pizzakartons herum. »Spitzenidee, Luzy«, erklärte Phil, genüsslich kauend.

Luzy schaute ihn erstaunt an. »Wie? Soll das heißen, du hast die Pizza nicht bestellt?«

Phil schaute ebenso erstaunt zurück. »Warst du's etwa auch nicht? Ich hätte alles gewettet, dass du's warst!«

»Ich auch!«, erklärte Rollo.

»Ich auch!«, stimmte Anja zu. Sie warf Phil einen strafenden Blick zu. »Wenn ich noch was von meinem Taschengeld übrig hätte ...« Sie als Expertin hatte natürlich auch auf die Tragezeit der Meerschweinchen gewettet – und um einen Tag verloren.

Luzy schüttelte den Kopf und beider Augen wanderten zu Bea, die sich soeben ein goldbraunes Randstück in den Mund stopfte. Offenbar machte sie sich gerade keine Gedanken über ihre Traumfigur. »Ich war's bestimmt nicht!«, schmatzte sie höchst undamenhaft. »Kann ich nicht riskieren, bei meinen Noten.«

»Na ja, dann bleibt nur noch Jo«, erklärte Luzy. »Frech wie Oskar und immerhin ist die Pizza vom besten Laden der Stadt – bei so was kennt er sich aus!«

»Na hör mal!« Empört stemmte Jo die Hände in die Seiten. »Ich hätte nicht Pizza bestellt, ich hätte Pizza *gebacken*!«

»Es könnte jeder gewesen sein.« Livia zuckte nur mit den Schultern und begann, ihre Bücher zusammenzupacken. »Schließlich ist die Idee nicht neu.« Sie grinste. »Hat schon unser Opa durchgezogen.«

Luzy schaute ihre Schwester fassungslos an: »Ich fass es nicht! *Du* bist es gewesen!«

»Wer, ich?« Livia machte große Augen. »Das glaubst du doch nicht im Ernst! Ich bin nicht frech genug für so was.« Sie schwang ihren Rucksack über eine Schulter. »Wollen wir gehen?«

»Gib's schon endlich zu!«, forderte Luzy. »Du warst es doch, oder?«

»Ich mache es wie Therese von Theurenbach«, erklärte Livia grinsend. »Ich gebe gar nichts zu. Außer vielleicht, dass stille Wasser tief sind. Was denkst du, warum ich Meeresbiologin werden will?«

Mit hoch erhobenem Kopf schritt Livia auf die Tür zu. »Kommst du nun, oder nicht?«

»Ich glaub, ich spinne«, murmelte Luzy und warf hastig die restlichen Schulsachen in ihren Rucksack.

Rollo lachte. »Und ich glaube, ihr seid eben doch Zwillinge!«

Von Chantal Schreiber u.a. ebenfalls erschienen:

Zwei L wie in Zwilling

4 Hufe + 1 Kussalarm
4 Hufe + 1 falscher Kuss
4 Hufe + 1 Kuss hoch 2

Schreiber, Chantal:
Zwei L wie in Hollywood
ISBN 978 3 522 50188 0

Gesamtausstattung: Michael Bayer
Umschlagtypografie: Michael Kimmerle
Schrift: Palatino und WillRobinson
Satz: KCS GmbH, Buchholz / Hamburg
Reproduktion: Medienfabrik, Stuttgart
Druck und Bindung: Friedrich Pustet, Regensburg

5 4 3 2 1° 10 11 12 13

www.planet-girl-verlag.de